Alive / Vivant

Farida Bouri Mihoub

ISBN 978-1-989-352-71-7

Published by FlowerPublish

FlowerPublish
www.flowerpublish.com
Montreal, Canada

Dedications

I dedicate "Alive" to my mother, Batoul Mir. She left this world on August 2nd 2022 after a long and rich life (24 June 1927 – 2 August 2 2022). We shall miss her a lot. May she rest in peace.

Je dédie « Vivant » à ma mère. Elle a quitté ce monde le 2 août 2022 après une vie longue et riche (24 juin 1927 – 2 août 2022). Elle nous manque énormément. Qu'elle repose en paix.

Acknowledgements

I wish to first thank my publisher, MaryAnn Hayatian, my fairy, who keeps on trusting and believing in me with this third book. I express my special thanks to Elif K. Keskin, the illustrator of all my books (Cosmic, In You and Alive); and to Med Nadhir Sebaa, for his generosity and insight as the writer of the preface. Special thanks to all the members of my family for their unconditional support. I also thank my dear friends, giants, and magicians who gave me wings (by alphabetical order): Kader Bakou, Naima Boudraa, Mohamed Brahimi, Pr Abdelouahab Bellou, Reda Boukroufa, Amara Henni, Pr Nourredine Melikechi, Amghar Mohamed Serghini, Bari Stambouli, Pr Mustapha Yakoubi for being my jackpots and my inspirators.

Remerciements

Je remercie en premier lieu mon éditeur, MaryAnn Hayatian, ma fée, qui continue à me faire confiance et à croire en moi pour ce troisième recueil. Je tiens à remercier tout particulièrement Elif K. Keskin, l'illustratrice de mes trois recueils (Cosmique ; En Toi et Vivant) ; et Med Nadhir Sebaa pour sa générosité et sa rétroaction en qualité de rédacteur de la préface. Je remercie également tous les members de ma faille pour leur soutien inconditionnel. Remerciements particuliers à mes amis, géants et magiciens qui m'ont donné des ailes (par ordre alphabétique): Kader Bakou, Naima Boudraa, Mohamed Brahimi, Pr Abdelouahab Bellou, Reda Boukroufa, Amara Henni, Pr Nourredine Melikechi, Amghar Mohamed Serghini, Bari Stambouli, Pr Mustapha Yakoubi pour avoid tee mes jackpots, mes inspirateurs.

Foreword

Farida Bouri Mihoub proposed that I read and preface a manuscript in project before publication of one hundred poems, true magnetic wave to connect in the space-time, an inspiration to men and women, to discover, to exchange around selected pieces, multiple strata to write and to say beyond the interrogation, the beauty, the hope, the love…
Yet in "Alive", magic of time, an existential poem, which through its verses, weaves anguish and certainty of the Being announces:

It gave us a gift
That of being alive.

Skillful mastery of versification to combine with originality, imagination, musicality, images and symbolism, because Farida, magician of the word, wants to say lot and for a long time: "Where does time go", beautiful symphony of the ephemeral in one's life, "big station", where everyone waits for its hour of departure. In her quest for time worthy of Gide, our poetess embraces the verbs of movement which are side by side, briefly certainly, announcing interminable departures: "Let's go", crazy exile of the being and of plural loves…
Let's go where love
Does not last only one night
But one day and always
And even the whole life.

Strange sensation diffused in the emptiness as a hesitation with strong resonance, non-space in which sounds and senses meet in a combination-communion of a frozen universe. In "Stardust" or "Divine Light", imperious dictation of a polysemous code, the question of the initiation of the poet to the moods of time arises.

In the sky, on a clear night
I see you up in the air

Particle, firefly, light / Vast divine radiance … Multiform poetic gesture, sonorous, electrified by an investigative thought, a long indomitable emotion with its inevitable fallout, "Alive" appears to us today as the "Neoneons: Extraordinary beings / Carriers of light / Illuminate the Universe of verses / Dark and shrunken Universe… "
Med Nadhir Sebaa / Reviewer

Préface

Farida Bouri Mihoub me propose pour lecture et préface un manuscrit en projet d'édition, porteur de cent poèmes, véritable onde magnétique pour relier dans l'espace-temps, une inspiration à des hommes et des femmes, découvrir, échanger autour de morceaux choisis, strates multiples pour écrire et dire au-delà de l'interrogation, la beauté, l'espoir, l'amour… Déjà dans « Vivant », magie du temps, poème existentiel, qui à travers ses vers, tisse angoisse et certitude de l'Etre annonce :

Il nous a fait un cadeau
Celui d'être vivant.

Habile maitrise de la versification pour allier avec originalité, imagination, musicalité, images et symbolisme, car Farida, magicienne du verbe, veut dire long et pour longtemps : « Où va le temps », belle symphonie de l'éphémère dans une vie, « grande gare », où chacun attend son heure de départ. Dans sa quête du temps digne d'un Gide, notre poétesse enlace les verbes du mouvement qui se côtoient, brièvement certes, annonciateurs d'interminables départs :
On s'en va, fol exil de l'être et des amours plurielles…
Allons là où l'amour
Ne dure pas qu'une nuit
Mais un jour et toujours
Et même toute la vie.

Etrange sensation diffuse dans le vide comme une hésitation à forte résonnance, non-espace dans lequel sons et sens se rencontrent dans une combinaison-communion d'un univers figé. Dans « Poussière d'étoiles » ou encore « Lumière divine », impérieuse dictée d'un code polysémique, se pose la question de l'initiation du poète aux humeurs du temps.

Dans le ciel, par une nuit claire
Je te vois là-haut dans l'air

Particule, luciole, lumière / Vaste rayonnement divin…Geste poétique multiforme, sonore, électrisé d'une pensée investigatrice, d'une longue émotion indomptable avec ses retombées inévitables, « Vivant » nous

apparaît aujourd'hui comme la description vivante d'un « Néons :
Êtres extraordinaires / Porteurs de lumière / Éclairent l'Univers de
vers / Univers sombre et rétréci... »
Med Nadhir Sebaa / Critique

Table Of Contents / Table Des Matieres

Alive is a hymn to life and all the wonderful things it gives us, like nature, beauty, mysteries and so many other things, but above all, love.

Vivant est un hymne à la vie et à toutes les choses merveilleuses
qu'elle nous donne, la nature, la beauté, les mystères et tant d'autres
choses, mais par dessus tout, l'amour.

Alive

Have you seen how fast time flew?
Sometimes slow, sometimes hurried
Yesterday we were his children
And dreamed of being great
It radiated and fascinated us
Even though it smashed us
It was the skillful craftsman
Of our most beautiful moments
But also the sad maker
Of all our questions
Our faces are marked
Our backs bent and our eyes tired
But it always walks ahead
We follow it dreaming
Have you seen how fast time flew?
Without stopping it went by
But it gave us a gift
That of being alive

Vivant

Vois-tu comme le temps a passé
Parfois lent parfois pressé
Hier nous étions ses enfants
Et rêvions d'être grands
Il nous a irradiés et fascinés
Même s'il nous a fracassés
Il a été l'habile artisan
De nos plus beaux moments
Mais aussi le triste fabricant
De tous nos questionnements
Nos visages sont marqués
Nos dos courbés et nos yeux fatigués
Mais lui il marche toujours devant
On le suit en rêvant
Vois-tu comme le temps a passé
Sans s'arrêter il a filé
Mais il nous a fait un présent
Celui d'être vivant

Watercolor

A sun that awakens
A baby in the arms
A whisper in the ear
The caress of a mother
A full moon in the sky
A look at the time
A flower and its honey
A song from the past
A beautiful swallow
The voice of a child
A small watercolor
The softness of the wind
The foam of the sea
The beauty of the earth
The greatness of the universe
And we as free as air

Aquarelle

Un soleil qui s'éveille
Un bébé dans les bras
Un murmure dans l'oreille
La caresse d'une maman
Une pleine lune dans le ciel
Un regard sur le temps
Une fleur et son miel
Une chanson d'antan
Une belle hirondelle
La voix d'un enfant
Une petite aquarelle
La douceur du vent
L'écume de la mer
La beauté de la terre
La grandeur de l'univers
Et nous libres comme l'air

Stop everything

When tweets become our friends
Our grudges and our enemies
And computers decide for us
We have to stop everything
When phones becomes our compass
When it's as addictive as alcohol
And we talk alone in monologues
You have to stop everything
When you take pictures of yourself
Even over a Viennese coffee
And send them everywhere
You have to stop everything
When nothing makes no more sense
In the reign of arrogance
And when tomorrows are blurred
You have to stop everything
When the vital is missing
To avoid the pain
And when life has lost its taste
You have to stop everything
Kneel on one's knees
And start all over again

Arrêter tout

Quand des tweets deviennent nos amis
Nos rancœurs et nos ennemis
Et que les ordinateurs décident pour nous
Il faut arrêter tout
Quand le téléphone devient notre boussole
Qu'il est aussi addictif que l'alcool
Et que l'on parle seul comme un fou
Il faut arrêter tout
Quand on prend des photos de soi
Même devant un café viennois
Et qu'on les envoie partout
Il faut arrêter tout
Quand rien n'a plus de sens
Dans le règne de l'arrogance
Et que les lendemains sont flous
Il faut arrêter tout
Quand il manque le vital
Pour ne pas avoir mal
Et que la vie n'a plus de goût
Il faut arrêter tout
Se mettre à genoux
Et recommencer tout

At the mercy of the wind

The girl with silver hair lived at the mercy the wind
She dreamed of being caressed by the hands of a giant
Who would be tall, handsome, learned like a scientist
And who would carry and cradle her tenderly
The young girl with silver hair ignored that at the mercy of the wind
She could land on a tree or in a pond
But she knew that in time
She would finally meet her giant
As light as a peacock feather
One day she met a hurricane
That sent her flying and twirling
Propelling her into the land of giants
As happy as a new mother
She ended her race at the feet of a Titan
Who lifted her with a smile
And hugged her warmly
And loved her ardently
Until the end of time

Au gré du vent

La jeune fille aux cheveux argent vivait au gré du vent
Elle rêvait d'être caressée par les mains d'un géant
Qui serait grand, beau, érudit comme un savant
Et qui la porterait et bercerait tendrement
La jeune fille aux cheveux argent ignorait qu'au gré du vent
Elle pouvait atterrir sur un arbre ou dans un étang
Mais elle savait qu'avec le temps
Elle finirait par rencontrer son géant
Aussi légère qu'une plume de paon
Un jour elle rencontra un ouragan
Qui la fit voler en virevoltant
La propulsant dans le pays des géants
Heureuse comme une nouvelle maman
Elle finit sa course aux pieds d'un Titan
Qui la souleva en souriant
La serra chaleureusement
Et l'aima ardemment
Jusqu'à la fin des temps

Enchanted wand

She had put on her most beautiful dress
So that we could see her even in the dark
Her hair shone with a thousand lights
To attract the most beautiful eyes
Her shoulders were smooth
Like sliding water
And her slender legs
Evoked a shapely universe
She sparkled like a fairy
With her enchanted wand
Able to fly through the air
And control the weather
She could control the direction of the wind
When she looked at the living
Everyone became a child again

Baguette enchanté

Elle avait mis sa plus belle robe du soir
Pour être vue même dans le noir
Ses cheveux brillaient de mille feux
Pour attirer les plus beaux yeux
Ses épaules étaient lisses
Comme une eau qui glisse
Et ses jambes élancées
Évoquaient un univers galbé
Elle scintillait comme une fée
Avec sa baguette enchanté
Capable de voler dans les airs
Et de contrôler le temps
On lui attribuait la direction du vent
Lorsqu'elle posait son regard sur les vivants
Chacun redevenait un enfant

Battle

When sadness sets in
In this old world's din
Ask the stars
To give us carnivals
Tell them that your tears
Are also your weapons
That they'll flow without fail
To win the battle
Tell them that in your soul
Is the most beautiful flame
The one that extinguishes evil
As sweet as a petal
When sadness sets in
Like a fatal fate
Seek in the stars
Their sidereal splendours

Bataille

Quand la tristesse s'installe
Dans ce monde gris et pâle
Demande donc aux étoiles
De faire un carnaval
Dis leur que tes larmes
Sont aussi tes armes
Qu'elles couleront sans faille
Pour gagner la bataille
Dis leur que dans ton âme
Réside la plus belle flamme
Celle qui éteint le mal
Aussi douce qu'un pétale
Quand la tristesse s'installe
Comme un destin fatal
Cherche dans les étoiles
Leur beauté sidérale

Beautiful Sundays

Like the leaf that the wind tears from its branch
I lay my head on the pillow
And remember those beautiful Sundays
When our parents pampered us
I remember their smile and their joy
When we were in their arms
And their tenderness
When they covered us with caresses
They seemed so tall
When they walked like giants
And invincible like heroes
In a Zorro movie
With them, nothing could hurt us
We knew we were protected
Then time weakened them
They became small again and they left
Like the leaf that did not resist the wind

Beaux dimanches

Comme la feuille que le vent arrache à sa branche
Je pose ma tête sur l'oreiller
Et me remémore de ces beaux dimanches
Où nos parents nous dorlotaient
Je revois leur sourire et leur joie
Quand nous étions dans leur bras
Ainsi que leur tendresse
Quand ils nous couvraient de caresses
Ils nous semblaient si grands
Quand ils marchaient comme des géants
Et invincibles comme des héros
Dans un film de Zorro
Avec eux, rien ne pouvait nous arriver
On savait qu'on était protégés
Puis le temps les a affaiblis
Ils sont redevenus petits et ils sont partis
Comme la feuille qui n'a pas résisté au
vent

Starry sky

What I like
Is to walk around Paris with you
At noon or at midnight, I don't care
Sitting on the banks of the Seine
Watching the boats go by
Dancing under the stars
Like in a musical
What I like
Is walking on the dunes with you
Happy and barefoot
Eyes riveted to the sky
Filled with dust and sparks
Dancing under the stars
Like in a musical
What I like
Is to stay with you
Warm on the sofa
Snuggled up in your arms
Like an Ottoman princess
Dancing under the stars
Like in a musical

Ciel étoilé

Moi ce que j'aime
C'est me balader à Paris avec toi
À midi ou à minuit, peu m'importe
Assis sur les bords de Seine
À regarder les bateaux passer
En dansant à la belle étoile
Comme dans une comédie musicale
Moi ce que j'aime
C'est marcher sur les dunes avec toi
Heureux et pieds nus
Les yeux rivés au ciel
Remplis de poussière d'étincelles
En dansant à la belle étoile
Comme dans une comédie musicale
Moi ce que j'aime
C'est rester avec toi
Bien au chaud sur le sofa
Blottie dans tes bras
Comme une princesse ottomane
En dansant à la belle étoile
Comme dans une comédie musicale

Rock me

God take me in your arms
And lift me up away from here
Rock me and take me away
Let me see what I've been imagining
What I've been guessing with words
Show me your deepest secrets
Explain what I didn't understand
Why I ached for your absence
Until I lost consciousness
Speak to me in silence
I'll understand every word
And every parable
Tell me nothing 's over
Tell me it was a piece of life
In the shadow of true paradise
God, take me in your arms
I am waiting for you, I am here

Berce-moi

Dieu prends-moi dans tes bras
Et soulève-moi loin de là
Berce-moi et emmène-moi
Laisse-moi voir ce que j'imaginais
Ce qu'avec des mots je devinais
Montre-moi tes plus profonds secrets
Explique-moi ce que je ne comprenais pas
Pourquoi j'avais mal de ton absence
Jusqu'à en perdre conscience
Parle-moi-même en silence
Je comprendrais chaque parole
Et la moindre des paraboles
Dis-moi que tout n'est pas fini
Que c'était un morceau de vie
À l'ombre du vrai paradis
Dieu, prends-moi dans tes bras
Je t'attends, je suis là

Good night

The day dawns
Taking our dreams
Without noise or clatter
The morning is already here
I wonder where they go
Whether they walk around and what they do
Before they visit us again
And sometimes even haunt us
Saying good night to each other
They sneak in quietly
And explore our minds
Like small bandits
I love it when they are beautiful
Like Romeo and Juliet
And when they wake me up
With a rainbow smile

Bonne nuit

Le jour lève
En emportant nos rêves
Sans vacarme ni fracas
Le matin est déjà là
Je me demande où ils vont
S'ils se promènent et ce qu'ils font
Avant de revenir nous visiter
Et parfois même nous hanter
En nous disant bonne nuit
Ils s'introduisent sans bruit
Et explorent nos esprits
Comme des petits bandits
J'aime quand ils sont beaux
Comme Juliette et Roméo
Et quand ils me réveillent
Avec un sourire arc en ciel

Boulevard

Whether it's on the platform of a station
At night or in the morning
Whether it's in a bar
Where everyone comes and goes
Whether it's on a boulevard
Where we hold hands
Whether it's in an illusory country
Or in the one we know well
Whether it is in a dark room
Or in a garden of jasmine
Whether in a strange crowd
Or sitting alone in a corner
Whether in an ivory heart
Or broken by grief
We all have a destiny
That awaits us somewhere

Boulevard

Que ce soit sur le quai d'une gare
La nuit ou au petit matin
Que ce soit dans un bar
Où chacun va et vient
Que ce soit sur un boulevard
Où l'on se donne la main
Que ce soit dans un pays illusoire
Ou dans celui que l'on connaît bien
Que ce soit dans une chambre noire
Ou dans un jardin de jasmin
Que ce soit dans une foule bizarre
Ou assis seul dans son coin
Que ce soit dans un cœur d'ivoire
Ou brisé par le chagrin
Nous avons tous un destin
Qui nous attend quelque part

Jumble

In this world of jumble
Where everyone thinks they are a crack
Between low blows and cyber attacks
I dream of Balzac
In this great mishmash
Where we are all ex-aequo
I think of the sirocco
Or of the mission Apollo
How beautiful it would be
To take one's hat off
To the tales of Perrault
Or to the scenes of Picasso
When I hear this ticking
In the sleepless night
I can imagine in a flash
My heavenly universe

Bric-à-brac

Dans ce monde de bric-à-brac
Où chacun se prend pour un crack
Entre coups bas et cyberattaques
Moi je rêve de Balzac
Dans ce grand méli-mélo
Où nous sommes tous ex-aequo
Moi je pense au sirocco
Où à la mission Apollo
Comme ce serait beau
De tirer son chapeau
Aux contes de Perrault
Ou aux tableaux de Picasso
Quand j'entends ce tic-tac
Dans la nuit insomniaque
J'imagine du tac au tac
Mon univers paradisiaque

Gift

They say that life is uncompromising
That it is hard and that we have to be strong
They say it's beautiful and precious
As much as a majestic princess
It moves forward and leads the dance
With grace or with violence
With its joys and sorrows
Its blows of fate and its distresses
I want to grasp it firmly
Without ever thinking about dying
I want to savour every second
Even if sometimes, it scolds
They say that life is uncompromising
But why has it given me the most gratifying?
You, the sky and the sun
That we caress when we awaken

Cadeau

On dit que la vie ne fait pas de cadeau
Qu'elle est dure et qu'il faut être fort
On dit qu'elle est belle et précieuse
Autant qu'une princesse majestueuse
Elle avance et mène la danse
Avec grâce ou avec violence
Avec ses joies et ses tristesses
Ses coups du sort et ses détresses
Je veux la prendre à bras le corps
Sans jamais penser à la mort
Je veux en goûter chaque seconde
Même si parfois elle me gronde
On dit que la vie ne fait pas de cadeau
Alors pourquoi m'a-t-elle donné les plus beaux ?
Toi, le ciel et le soleil
Que l'on caresse à son réveil

Casting

Let's do a casting session
Wear your best tuxedo
I'll follow you in heels
Fixing your bow tie
Everyone will stare
Pointing at us
In my sequin dress
Heads will turn
We'll be superstars
And join the night owls
In the final script
We'll write our destiny
In a faraway land
Like clandestine lovers

Casting

Viens on fait un casting
Porte ton plus beau smoking
Je te suivrais en talons
En arrangeant ton nœud papillon
Tout le monde nous regardera
En nous montrant du doigt
Dans ma robe à paillettes
Je ferai tourner les têtes
Nous serons des superstars
Et rejoindrons les couche-tard
Dans le script de fin
Nous écrirons notre destin
Dans un pays lointain
Comme des amoureux clandestins

This country

Once you have known this country
You can't forget it
It remains forever engraved
Like a poetry in the Mediterranean
We cross it from one side to the other
We guess it through its ages
It has colors and landscapes
That make you humble and wise

Once you have known this country
It can make you cry
By its grace and beauty
It has the grandeur of a lord
It attracts and seduces at all hours
When its sun warms our fears
His sky illuminates our hearts
Its caresses erase our tears
That's why we love it like a winner

Ce pays

Quand on a connu ce pays
On ne peut pas l'oublier
Il reste à jamais gravé
Comme une poésie en Méditerranée
On le traverse de long en large
On le devine à travers les âges
Il a des couleurs et des paysages
Qui vous rendent humbles et sages
Quand on a connu ce pays
Il peut nous faire pleurer
Par sa grâce et sa beauté
Il a une grandeur de seigneur
Il attire et séduit à toute heure
Lorsque son soleil réchauffe nos peurs
Son ciel illumine nos cœurs
Ses caresses effacent nos pleurs
C'est pourquoi on l'aime comme un vainqueur

What I see

Let me tell you what I see
When I think of you
It's not your eyes that are so far away
Nor the softness of your hands
That caress like satin
And touch until dawn
It's not your words that are beautiful
And transport me high above
Nor your smile that makes me quiver
And looks like an empire
Let me tell you what I see
When I think of you
It's the sweetness of a summer night
When the cicadas are enchanted
It's the bright, morning light
And its yellow-orange dawn
It's the prayer of a lifetime
And the miracle of being united
It's you and I who love each other
As in the most beautiful song

Ce que je vois

Laisse-moi te dire ce que je vois
Quand je pense à toi
Ce ne sont pas tes yeux qui sont loin
Ni la douceur de tes mains
Qui caressent comme du satin
Et qui effleurent jusqu'au matin
Ce ne sont pas tes mots qui sont beaux
Et qui me transportent là-haut
Ni ton sourire qui fait frémir
Et qui ressemble à un empire
Laisse-moi te dire ce que je vois
Quand je pense à toi
C'est la douceur d'une nuit d'été
Quand les cigales sont enchantées
C'est l'aube éclatante et rosée
Et son aurore jaune orangé
C'est la prière de toute une vie
Et le miracle d'être unis
C'est toi et moi qui nous aimons
Comme dans la plus belle des chansons

What you are

You will remain for me the one
Before whom we thank the Lord
For whom we could change our lot
With whom we could smile nonstop
You will remain for me the one
Before whom we hold hands
For whom we could dance
With whom each day is a chance
You will remain for me the one
Before whom the universe means patience
For whom we dream of innocence
With whom life makes sense
You will remain for me the one
Before whom time counts no more
For whom we want to be on the top
With whom we could die in love

Ce que tu es

Tu resteras pour moi celui
Devant lequel on remercie le ciel
Pour lequel on changerait son destin
Avec lequel on sourirait sans fin
Tu resteras pour moi celui
Devant lequel on tend les mains
Pour lequel on veut faire du bien
Avec lequel on oublie le mot rien
Tu resteras pour moi celui
Devant lequel l'univers devient patience
Pour lequel on rêve d'innocence
Avec lequel la vie prend tout son sens
Tu resteras pour moi celui
Devant lequel on ne compte plus le temps
Pour lequel on veut devenir grand
Avec lequel on pourrait mourir en s'aimant

Tonight

I was thinking of you tonight
As in a premonitory dream
Your ivory skin
Illuminated the dark night
Your silky brown hair
Shining like a full moon
Your emerald green eyes
Had the effect of a warm caress
Your clear and light voice
Shone like a sunbeam
Your fierce and gentle hands
Were sending me tremors
I was thinking of you tonight
Tell me you'll come to see me
Like in a premonitory dream

Ce soir

J'ai pensé à toi ce soir
Comme dans un rêve prémonitoire
Ta peau couleur d'ivoire
Illuminait la nuit noire
Ta chevelure soyeuse et brune
Brillait comme une pleine lune
Tes yeux verts émeraude
Avaient l'effet d'une caresse chaude
Ta voix claire et légère
Luisait comme un rayon solaire
Tes mains farouches et douces
M'envoyaient des secousses
J'ai pensé à toi ce soir
Dis-moi que tu viendras me voir
Comme dans un rêve prémonitoire

The one who tells me

The one who tells me that you were no good
That she let you go without saying a word
That she watched you walk away your head down
That you turned around with a wounded heart
That she didn't see your hands shake
Nor your eyes full of foolish dreams
Will never know the man you were
She will have missed your deepest desires
She will not have listened or read you
She wil not have caught your smile
Nor taken all you had to offer
The one who will tell me she let you go
Will never meet the star that dazzles
Nor the love that invades

Celle qui me dira

Celle qui me dira que tu n'étais pas beau
Qu'elle t'a laissé partir sans dire un mot
Qu'elle t'a vu t'éloigner la tête baissée
Que tu t'es retourné le cœur blessé
Qu'elle n'a pas vu tes mains trembler
Ni tes yeux pleins de rêves insensés
N'aura jamais connu l'homme que tu étais
Elle n'aura pas deviné tes plus profonds désirs
Elle n'aura pas su t'écouter ni te lire
Elle n'aura pas attrapé ton sourire
Ni n'aura pas pris tout ce que tu avais à offrir
Celle qui me dira qu'elle t'a laissé partir
Ne rencontrera jamais l'étoile qui éblouit
Ni l'amour qui envahit

Candle

The candle illuminates the darkness
And makes waves with your shadow
You become my light
When your eyes rise
It lightens the hovering darkness
And turns into a Persian dance
When you look at me
While my heart pounds
Like a star that twinkles in the dark
I find happiness and hope
In the silence of your eyes
That shine with a thousand fires
It lights up the sky with its aura
And comes down to your voice
When you whisper softly
That I am yours entirely

Chandelle

La bougie éclaire la pénombre
Et fait onduler ton ombre
Tu deviens ma lumière
Quand vers moi tes yeux se lèvent
Elle illumine l'obscurité qui plane
Et se transforme en danse persane
Quand sur moi tu poses ton regard
Et que mon cœur s'enflamme
Comme l'étoile qui scintille dans le noir
Je retrouve le bonheur et l'espoir
Dans le silence de tes yeux
Qui brillent de mille feux
Elle illumine le ciel de son aura
Et descend jusque dans ta voix
Quand tu murmures tout bas
Que je suis tout pour toi

War songs

When war songs
Accompany Schubert's sonatas
When the sound of bullets
Replaces the music of ballets
When bombs fall from the sky
On the nest of birds
When the biggest missiles
Destroy the most beautiful smiles
When the advance of tanks
Scares even the bravest
When soldiers in boots
Break down the smallest door
When the sound of sirens
Leads the fear underground
When battlefields
End up in sad funerals
When amidst weapons
Streams of tears flow
I lift my eyes to heaven
And implore the love of God

Chants de guerre

Quand les chants de guerre
Accompagnent les sonates de Schubert
Quand le bruit des balles
Se substitue à la musique des carnavals
Quand du ciel tombent des bombes
Sur le nid des colombes
Quand les plus gros missiles
Détruisent les plus belles îles
Quand l'avancée des chars
Effraie les plus gaillards
Quand des soldats en bottes
Défoncent la plus petite porte
Quand le son des sirènes
Crée une peur souterraine
Quand les champs de bataille
Finissent en funérailles
Et qu'au milieu des armes
Coulent des ruisseaux de larmes
Je lève les yeux aux Cieux
Et implore l'amour de Dieu

Paths of hope

Life is like a train station
We meet and say hello
While everyone waits to go
Some have time to sit down
Some run because they are late
And some stand aside
What if we paused to see each other
Get out of this thick fog
And irrigate our paths with hope
What if we came out of the dark
As if it were our duty
To be as beautiful as the stars

Chemins d'espoir

63

La vie c'est comme une grande gare
On se croise on se dit bonsoir
Et puis chacun attend son départ
Il y a ceux qui ont le temps de s'assoir
Ceux qui courent parce qu'il est tard
Et ceux qui se mettent à l'écart
Et si on s'arrêtait juste pour se voir
Sortir de cet épais brouillard
Et irriguer nos chemins d'espoir
Et si on sortait du noir
Comme si c'était notre devoir
D'être aussi beaux que des étoiles

Your home

One day in Challah I will come
And visit your house
I'll snuggle up near your fireplace
Just to warm myself
The wood and its glow
Will enter my heart
Which will open with grace
To become the largest of spaces

You will present me your world
Like a wave that floods
And a light that bursts
That will leave me blissful

With your hands you'll offer me a flower
Wishing me all the happiness
In the shade of the lemon tree
I'll smell it with my eyes filled with wonder

When I go away
I'll turn around
Just so you can see
My smile and my tears of joy

Chez toi

Un jour In Challah je viendrai
Te rendre visite chez toi
Je me blottirai contre ta cheminée
Juste pour me réchauffer

Le bois et ses lueurs
Entreront dans mon cœur
Qui s'ouvrira avec grâce
Pour devenir le plus grand des espaces

Tu me présenteras ton monde
Comme une vague qui inonde
Et une lumière qui éclate
Qui me laisseront béate

De tes mains tu m'offriras une fleur
En me souhaitant tout le bonheur
À l'ombre du citronnier
Je la sentirai les yeux émerveillés

Quand je m'en irai
Je me retournerai
Juste pour que tu vois
Mon sourire et mes larmes de joie

Beating heart

I hope you will take me
To visit the most beautiful places
Of your beating heart
Will you let me in
Like in a museum
Where the walls are adorned?
Will you show me its hidden treasures
And its enchanted surprises?
Will you let me see its buried joys
And its dried tears?
I want to find out what hurt you
To soothe and caress you

In your beating heart
You will be like a refugee
That I'll know how to protect

Cœur qui bat

J'espère que tu m'emmèneras
Visiter les plus beaux endroits
De ton cœur qui bat
Me laisseras-tu entrer
Comme dans un musée
Où les murs sont ornés ?
Me montreras-tu ses trésors cachés
Et ses surprises enchantées ?
Me laisseras-tu voir ses joies enterrées
Et ses larmes séchées ?
Je veux découvrir ce qui t'a blessé
Pour t'apaiser et te caresser

Dans ton cœur qui bat
Tu seras comme un réfugié
Que je saurais protéger

Crying heart

Who can see a crying heart
Or what's inside
Even when the sun shines
And the moon smiles

No one can read its clashes
Its shocks and pains
Unless you enter it slyly
And explore it bit by bit

No one can imagine
The things it has endured
For it is hidden
Perhaps to protect it

No one can guess
If it laughed or cried
Except the one who gave it life
And who'll take it back silently

Cœur qui pleure

Qui peut voir un cœur qui pleure
Où ce qu'il y a à l'intérieur
Même quand le soleil brille
Et que la lune sourit

Personne ne peut lire ses heurts
Ses chocs et ses douleurs
A moins d'y entrer en catimini
Et de le sonder petit à petit

Personne ne peut imaginer
Tout ce qu'il a enduré
Car il est si bien caché
Peut-être pour le protéger

Personne ne peut deviner
S'il a ri ou pleuré
Sauf celui qui lui a donné la vie
Et qui la reprendra sans faire de bruit

Like children

Come on, let's love each other like children
Running around hair in the wind
With our laughter innocent

Let's make rounds in time
Jumping and singing
To please our parents

Let's kiss and smile
Let's hold hands tenderly
Let's give life to our feelings

Let's run away from the wolf and his big teeth
He said he wanted everything bad
And he'd eat us brazenly

Let's hide in a little corner
Where we won't need anything
Just a little water, a piece of bread

Let's wave to the firmament
Let's greet it as the greatest
Come on, let's love each other like children

Comme des enfants

Viens, aimons-nous comme des enfants
Courant cheveux au vent
Avec leurs rires innocents

Faisons des rondes dans le temps
En sautant et en chantant
Pour faire plaisir à nos parents

Embrassons-nous en souriant
Tenons-nous la main tendrement
Donnons vie à nos sentiments

Fuyons le loup et ses grandes dents
Il a dit qu'il voulait tout affreusement
Et qu'il nous mangerait effrontément

Cachons-nous dans un petit coin
Où nous n'aurons besoin de rien
Juste un peu d'eau un peu de pain

Faisons coucou au firmament
Saluons-le comme le plus grand
Viens, aimons-nous comme des enfants

Celebrities

Today it's a party
Let's forget our worries
Let's do like the jet set
As beautiful as ladies and dandies

Let's put on our best clothes
To shine till the end of the night
Let's go on foot or by Corvette
Tonight everything is allowed

Jazz, tango or salsa
Beer, soda or tequila
Forget about our worries
Our phones and the Internet

Come and dance and have fun
Like children and fools
Forget about being in pain
And open the dance

Today's a party
Let's be stars
As subtile as Seneca
And let's admire the planets

Vedettes

Aujourd'hui c'est la fête
Oublions nos soucis
Faisons comme la jet set
Aussi beaux que des ladies et des dandys

Sortons nos plus beaux habits
Pour briller au bout de la nuit
Allons-y à pied ou en Corvette
Ce soir tout est permis

Jazz, tango ou salsa
Bière, soda ou tequila
Oublions nos casse-têtes
Nos téléphones et l'Internet

Venez danser et amusons-nous
Comme des enfants et des fous
Oublions d'avoir mal
Et ouvrons le bal

Aujourd'hui c'est la fête
Soyons des vedettes
Aussi subtiles que Sénèque
Et admirons les planètes

How

Tell me how they created stars?
Was it their enthusiasm that made this show
I wonder if they did it in stages
Or if angels imagined their images

And who had the idea of the deep blue sky
Which when you look at it gives you commotions
And makes you want to sing songs
At the same time and in tune

I do not even mention the Sea
With its extraordinary waves
Its currents and its millennial flows
And its sweet smell like a dessert

What if we invented our own dreams
The ones we want like arpeggios
That will embellish our days with flourish
And that we will listen with privilege

Come on, let's start like kids
Let's lie down on a canopy bed
Let's draw them on a parchment
With both hands starting tomorrow

Comment

Dis-moi comment ils ont fabriqué les astres ?
Est-ce leur enthousiasme qui a créé ce spectacle
Je me demande s'ils l'ont fait par étape
Ou si les anges ont imaginé leurs images

Et qui a eu l'idée du Ciel d'un bleu profond
Qui à le regarder donne des commotions
Et donne envie de chanter des chansons
Tous en même temps et au diapason

Je ne parle même pas de la Mer
Avec ses vagues extraordinaires
Ses courants et ses flots millénaires
Et son odeur sucrée comme un dessert

Et si nous inventions nos propres rêves
Ceux que nous voulons comme des arpèges
Qui embelliront nos journées avec florilège
Et que nous écouterons avec privilège

Viens, commençons comme des gamins
Allongeons-nous sur un lit à baldaquin
Dessinons-les sur un parchemin
À deux mains dès demain

Fairy Tale

I was told you were looking for me
Like a breathless runner
Who can't even feel his feet
And is ready to fall

It seems that your frantic quest
Could never stop
It would be like breathing
In an inanimate world

I was told that you fell
Trying to find me
In this great immensity
Where hope is lit

When you finally found me
The pain suddenly vanished
I looked at you eyes wide open
Like in a fairy tale

Conte de fée

On m'a dit que tu me cherchais
Comme un coureur essoufflé
Qui ne sent même plus ses pieds
Et qui est prêt à tomber

Il paraît que ta quête effrénée
Ne pouvait pas s'arrêter
Ce serait comme respirer
Dans un monde inanimé

Il paraît que tu as chuté
En voulant me retrouver
Dans cette grande immensité
Où l'espoir est éclairé

Lorsque tu m'as enfin trouvée
La douleur s'est envolée
Je t'ai regardé bouché bée
Comme dans un conte de fée

In the dark

When I'm in the dark
It's odd, I can see everything
The souls that are longing
In sad silences
Because the heat
Has left their hearts
The eyes of the unfortunate
Who dream of being two
That life has struck
Sometimes without pity

I also see the night
That stretches without noise
It will become clearer
Like a sun in the air
That spreads its rays
On our beautiful illusions
To say hello to the day
Please, bring me love

Dans le noir

Quand je suis dans le noir
C'est bizarre je peux tout voir
Les âmes qui se languissent
Dans des silences tristes
Parce que la chaleur
A quitté leur cœur
Les yeux des malheureux
Qui rêvent d'être deux
Que la vie a frappé
Parfois sans pitié

Je vois aussi la nuit
Qui s'étire sans bruit
Elle deviendra plus claire
Comme un soleil dans l'air
Qui envoie ses rayons
Sur nos belles illusions
Pour dire bonjour le jour
Apporte-moi l'amour

Destiny

Tomorrow I' ll turn off my phone
And shall answer to no one
I 'll go to the Plaza alone
To drown my sorrow

I'll have a coffee
With a cloud of milk
In a subdued lounge
With wallpapered walls

After each sip
Of my delicious coffee
The iridescent light
Will make me dream

An elegant boy
Handsome as a brigand
Will disturb my thoughts
With a thousand jolts

He will take my hand
Like a Roman knight
As a giant wizard
He will reveal my destiny

Destin

Demain j'éteins mon téléphone
Je ne réponds à personne
J'irai seule au Plaza
Noyer mon désarroi

Je prendrai un café
Avec un nuage de lait
Dans un salon tamisé
Aux murs tapissés

Après chaque gorgée
De mon délicieux café
La lumière irisée
Viendra me faire rêver

Un garçon élégant
Beau comme un brigand
Troublera mon repos
Avec mille sursauts

Il me prendra la main
Comme un chevalier romain
Et tel un géant magicien
Me révèlera mon destin

Before you

Like the Earth that revolves
For days
Centuries and millennia
Around our beautiful sun

Like the moon that reveals itself
And amazes us
In crescent or in quarter
In the shadow or illuminated

Like the universe that welcomes us
By opening its heart
To offer us its lights
Every second and every hour

Like the sky that charms us
By its pink or parma colors
I want to bow before you
And snuggle in your arms

Devant toi

Comme la Terre qui tourne
Pendant des jours
Des siècles et des millénaires
Autour de notre beau soleil

Comme la lune qui se révèle
Et nous émerveille
En croissant ou en quartier
Dans l'ombre ou illuminée

Comme l'univers qui nous accueille
En nous ouvrant son cœur
Pour nous offrir ses lueurs
Chaque seconde et chaque heure

Comme le ciel qui nous charme
Par ses couleurs rose ou parme
Je veux m'incliner devant toi
Et me blottir dans tes bras

Tell me

Tell me you're crazy about me
That I'm all yours
Your little je ne sais quoi
And your prayer in huge format

Tell me you'll keep me
That you will never leave me
That if I didn't exist
You'd look for me like a convict

Tell me that your nights without me
Are like a sad opera
Like a heart without faith
And a soul in disarray

Tell me you'd do anything for me
Even cross the Alaska
The sun and its gamma rays
Or the Sahara desert

Tell me I am the most beautiful
As fine as lace
As precious as a damsel
In short, tell me that you love me

Dis-moi

Dis-moi que tu es fou de moi
Que je suis tout toi
Ton petit je ne sais quoi
Et ta prière en grand format

Dis-moi que tu me garderas
Que jamais tu ne partiras
Et que si je n'existais pas
Tu me chercherais comme un forçat

Dis-moi que tes nuits sans moi
Sont comme un triste opéra
Comme un cœur sans foi
Et une âme en désarroi

Dis-moi que tu ferais tout pour moi
Même traverser l'Alaska
Le soleil et ses rayons gamma
Ou le désert du Sahara

Dis-moi que je suis la plus belle
Aussi fine qu'une dentelle
Aussi précieuse qu'une demoiselle
Bref, dis-moi que tu m'aimes

Echoes

I'd like to know why birds sing
When they fly high
And why they are so happy
When they touch the sky

They may tell us
That Heaven is the master
That they are but an echo
Of what is beautiful

I'd like to understand what they say
And put words to their melodies
That sound like praises
Sung by angels

I'd like to know why birds sing
When I see them through my curtains
Diving in their nest with delight
To celebrate life

Échos

J'aimerai savoir ce que chantent les oiseaux
Lorsqu'ils s'envolent très haut
Et pourquoi ils sont si heureux
Quand ils s'approchent des cieux

Ils nous racontent peut-être
Que le Ciel est le maître
Qu'ils ne sont qu'un écho
De tout ce qui est beau

J'aimerai comprendre ce qu'ils disent
Et mettre des mots sur leurs mélodies
Qui ressemblent à des louanges
Rapportées par des anges

J'aimerai savoir ce que chantent les oiseaux
Quand je les vois à travers mes rideaux
Rejoindre allègrement leur nid
Pour célébrer la vie

Make me dream

Tell me we'll return to the golden forest
To admire the cypress and poplar trees
That gave us their shades
To reach happiness

Tell me that this garden still exists
The one where you felt strong
In which you lifted me up
To stop my eyes from crying

Tell me that the orange moon
Will be our witness and angel
That its light will invade
The baccarat-colored sky

Make me dream
Tell me that we'll return to the golden forest
To live until eternity
And love each other till the wee hours
Under the stars and their grandeur

Fais-moi rêver

Dis-moi que nous retournerons au bois doré
Admirer les cyprès et les peupliers
Qui nous offraient leur couleur
Pour atteindre le bonheur

Dis-moi que ce jardin existe encore
Celui où tu te sentais fort
Et dans lequel tu me soulevais
Pour cesser de me faire pleurer

Dis-moi que la lune orange
Sera notre témoin et notre ange
Et que sa lumière envahira
Le ciel couleur baccarat

Fais-moi rêver
Dis-moi que nous retournerons au bois doré
Pour vivre jusqu'à l'éternité
Et nous aimer jusqu'à pas d'heure
Sous les étoiles et leur grandeur

Give me a sign

Days go by
One after the other
They tumble down
Without a break

They wake us up
They amaze us
And even dare
To stir up our sorrows

I wait for them
Peacefully
Eyes raised to the sky
Between the clouds and the sun

When I look for you
Alone and orphan
I beg you
Give me a sign

Fais-moi un signe

Les jours s'écoulent
L'un après l'autre
Ils dégringolent
Sans faire de pause

Ils nous réveillent
Nous émerveillent
Et parfois même
Attisent nos peines

Je les attends
Paisiblement
Les yeux levés au ciel
Entre les nuages et le soleil

Quand je te cherche
Seule et orpheline
Je te supplie
Fais-moi un signe

Figures

In my head are images
Stories with strange characters
Who master several languages
And deliver their sad testimonies

There are also stories of misery
Of children suffering from slavery
Of hunger and deep damage
For the benefit of the powerful who sow rage

I could quote the faces
With or without makeup
Of those whose messages
Sound like childishness

There are also all the trips
Journeys and wanderings
Which led me to the most beautiful shores
And in the wildest forests

I simply want to see images
Describing beautiful landscapes
Populated by scholars and sages
Who will do the coloring

Figures

Dans ma tête se trouvent des images
Des histoires avec d'étranges personnages
Qui maîtrisent plusieurs langages
Et livrent leurs tristes témoignages

Il y a aussi les histoires de ravages
D'enfants souffrant d'esclavage
De faim et de profonds dommages
Au profit de puissants qui sèment la rage

Je pourrai citer les visages
Avec ou sans maquillage
De ceux dont les messages
Résonnent comme des enfantillages

Il y a aussi tous les voyages
Périples et vagabondages
Qui m'ont menée sur les plus beaux rivages
Et dans les forêts les plus sauvages

Je veux simplement faire un ouvrage
Décrivant de magnifiques paysages
Peuplés de savants et de sages
Qui en feront le coloriage

Ideal

Today it is decided
My life will change life
It's not just an idea
It's a real desire

I'll walk in the woods
To find out who's there
To study their own laws
And learn them one at a time

I'll sleep in a clearing
To dream of another universe
Where the smell of our earth
Reminds us that of our mother

I will sing under the stars
So that they in turn answer
That there's nothing wrong
To want to live in an ideal world

Idéal

Aujourd'hui c'est décidé
Je change de vie
Ce n'est pas qu'une idée
C'est une véritable envie

J'irai marcher dans les bois
Pour découvrir qui se cache là
Étudier leurs propres lois
Et les apprendre une à la fois

Je dormirai dans une clairière
Pour rêver d'un autre univers
Où l'odeur de notre terre
Nous rappelle celle de notre mère

J'irai chanter sous les étoiles
Pour qu'à leur tour elles me parlent
Et me disent qu'il n'y a rien de mal
À vouloir vivre dans un monde idéal

Ignorance

I didn't know life
I thought it was simple
That just wanting
Would help me find my destiny

I didn't know the absence
Until daddy left us
One day during a holiday
Leaving us like orphans

I didn't know fear
The one that makes your heart ache
And leaves us paralyzed
The hands empty of happiness

I didn't know the pain
The one that starts small
Then grows and grows inside
Muffling our cries and our screams

Now I know life
But I don't blame it
In spite of its low blows
It gave me you

Ignorance

Je ne connaissais pas la vie
Je croyais qu'elle était simple
Qu'il suffisait d'avoir envie
Pour trouver son destin

Je ne connaissais pas l'absence
Jusqu'à ce que papa nous quitte
Un jour pendant nos vacances
Nous laissant seuls dans le vide

Je ne connaissais pas la peur
Celle qui fait mal au cœur
Et nous laisse dans la torpeur
Les mains vides de bonheur

Je ne connaissais pas la douleur
Celle qui commence à petit feu
Puis grandit peu à peu à l'intérieur
En étouffant nos cris et nos pleurs

Maintenant je connais la vie
Mais je ne lui en veux pas
Malgré ses coups bas
Elle m'a donné toi

Nothing will remain

Everything must end
Today or tomorrow
Know that nothing will remain
Except the morning light
The garden and its beauty
The smell of the jasmine
The sky and its treasures
Space like a jewel

Nothing will remain
Except our clandestine secrets
The naughty memories
The pain of our neighbors
The tears of sorrow
The softness of your hands
That took me so far away
In a world made of delight

Il ne restera rien

Tout a une fin
Aujourd'hui ou demain
Sache qu'il ne restera rien
Sauf la clarté du matin
La beauté du jardin
L'odeur du jasmin
Le ciel et son butin
L'espace comme un écrin

Il ne restera rien
Sauf les secrets clandestins
Les souvenirs coquins
La peine de nos voisins
Les larmes de chagrin
La douceur de tes mains
Qui m'emmenaient si loin
Dans un monde fait de bien

There will be no

There will be no you without me
As there will be no
"Don't go away
Or "Don't cry"

It will never happen
For we are sealed
Like the mother and her baby
Or the little girl and her doll

There will be no tomorrow without you
Or tears of dismay
For nothing will happen to us
That will ever set us apart

There will only be days of light
And nights watching your eyes closed
There will be everything we've dreamed of
To be free and love each other

Il n'y aura pas

Il n'y aura pas de toi sans moi
Comme il n'y aura pas
De « Ne t'en vas pas »
Ou de « Ne pleure pas »

Cela n'arrivera jamais
Car nous sommes scellés
Comme la mère et son bébé
Ou la fillette et sa poupée

Il n'y aura pas de demain sans toi
Ou de larmes de désarroi
Car rien ne nous arrivera
Qui un jour nous séparera

Il n'y aura que des journées illuminées
Et des nuits à regarder tes yeux fermés
Il y aura tout ce dont nous avons rêvé
Pour être libres et nous aimer

Not so long ago

Not so long ago
You still looked at me
As if I were a treasure
The flame in your eyes
Was like a great fire
Able to warm
The coldest winter
When your eyes rested on me
They filled me with joy and peace
I was as light as air
Because I knew how to please you
You said I was great
Because I knew no evil
That you'd do anything for me
Even if it meant becoming an outlaw
The flame didn't last
Time took care of it
It burned and burned
Until it died

Il n'y a pas si longtemps

Il n'y a pas si longtemps
Tu me regardais encore
Comme si j'étais un trésor
La flamme dans tes yeux
Ressemblait à un grand feu
Capable de réchauffer
L'hiver le plus glacé
Lorsque tes yeux sur moi se posaient
Ils m'emplissaient de joie et de paix
J'étais aussi légère que l'air
Car je savais te plaire
Tu disais que j'étais géniale
Car je ne connaissais pas le mal
Que tu ferais tout pour moi
Quitte à devenir hors la loi
La flamme n'a pas résisté
Le temps s'en est chargé
Elle a brûlé et brûlé
Jusqu'à ne plus exister

Imaginary

Today I don't want to do anything
To hell with putting things away
To hell with washing the dishes
I'd rather chill out
You get angry
Call me a bad mother
In your polyester jacket
Grey and austere
You drop your glass
Which shatters on the floor
For you it's a hell
For me a news item
You tell me I'm exaggerating
That I'm a witch
You are vulgar
You want it to get out of hand
But you won't get the war
Despite your inflammatory words
I'm running away in my imagination
In stellar air currents
Where everything is literary,
Extraordinary
Spectacular
Stellar

Imaginaire

Aujourd'hui je ne veux rien faire
Au diable ranger les affaires
Au diable laver les couverts
Traîner c'est que je préfère
Tu te mets en colère
Me traite de mauvaise mère
Dans ta vesteen polyester
Grise et austère
Tu fais tomber ton verre
Qui se brise par terre
Pour toi c'est un enfer
Pour moi un fait divers
Tu me dis que j'exagère
Que je suis une sorcière
En plus tu es vulgaire
Tu veux que ça dégénère
Mais tu n'auras pas la guerre
Malgré tes mots incendiaires
Je file dans mon imaginaire
Dans des courants d'air stellaires
Où tout est littéraire,
Extraordinaire
Spectaculaire
À l'envers.

Immense

If I were to talk about love
It would take me thousands of days
If I were to tell you what it means
I would need dozens of lives

It is the only one that can help us
When time has struck us
He can soothe and heal
All those who are here to suffer

We look for it everywhere
To the point of getting insane
Even in the deepest silence
It shows us it's immense

It looks like the moon and the sun
And even the stars in the sky
It has no beginning and no end
For it represents the good and the divine

Without it we are all adrift
As if on a dead-end street

Immense

Si je devais te parler d'amour
Il me faudrait des milliers de jours
Si je devais te dire ce qu'il signifie
Il me faudrait des dizaines de vies

Il est le seul à pouvoir nous aider
Lorsque le temps nous a frappés
Il peut apaiser et guérir
Tous ceux qui sont là pour souffrir

Il est celui que l'on cherche partout
Jusqu'à en devenir fou
Il est celui qui même en silence
Nous montre combien il est immense

Il ressemble à la lune et au soleil
Et même aux étoiles dans le ciel
Il n'a ni commencement ni fin
Car il représente le bien et le divin

Sans lui, nous sommes tous perdus
Comme dans une voie sans issue

Unbelievable but true

I knew that when I would arrive
In this place called Earth
I'd see wonderful things

Unbelievable but true
I found air
Water and light

I could help myself without counting
Endless sources of beauty
Waiting to be enjoyed

Unbelievable but true
I found shores, seas
And oceans that left me dazed

I could bathe in them
Or just marvel at them
Speechless and breathless

Unbelievable but true
There was the sky, which whispered
That one day, it would invite me

Incroyable mais vrai

Je savais que lorsque j'arriverai
Dans cet endroit appelé la Terre
Des choses merveilleuses m'y attendraient

C'est incroyable mais vrai
J'y ai trouvé de l'air
Du soleil et de la lumière

Je pouvais me servir sans compter
Des sources inépuisables de beauté
Qui ne demandaient qu'à être appréciées

C'est incroyable mais vrai
J'y ai trouvé des rivages, des mers
Et des océans somme toute insensés

Je pouvais m'y baigner
Ou simplement les regarder
Jusqu'à en avoir le souffle coupé

C'est incroyable mais vrai
Il y avait le ciel, qui quand je l'admirais,
Me disait qu'un jour, il m'inviterait

Moments

Every moment with you
Is a Hallelujah
A Hamdoulilah
A baraka
A rose fuchsia
A je ne sais quoi
A huge extra
Fire in the joy
An amazing magma

Stay with me
And you'll know why
Every moment with you
Is a Hallelujah
A Hamdoulilah
A dream of you
That will never leave
Elsewhere or hereafter

Instants

Chaque instant avec toi
Est un Alléluia
Un Hamdoulilah
Une baraka
Une rose fuchsia
Un je ne sais quoi
Un immense extra
Du feu dans la joie
Un étonnant magma

Reste avec moi
Et tu sauras pourquoi
Chaque instant avec toi
Est un Alléluia
Un Hamdoulilah
Un rêve de toi
Qui jamais ne partira
Ailleurs ou ici-bas

I thought

I thought that we learned about life
From stories and books
That if was enough to learn our lessons
And be good at the playground

I thought it was enough to repeat
Everything we had heard
To become an adult
And avoid the tumult

I didn't know that we learn life
By falling into the void
By discovering the invisible
And walking without a guide

I didn't know that by listening to my heart
I would find happiness
The day you looked at me
Like an illuminated star

Je croyais

Je croyais qu'on apprenait la vie
Dans les histoires et dans les livres
Qu'il suffisait de retenir ses leçons
Et d'être sage pendant la récréation

Je croyais qu'il suffisait de répéter
Tout ce que l'on avait écouté
Pour devenir un adulte
Et éviter le tumulte

J'ignorais qu'on apprenait la vie
En tombant dans le vide
En découvrant l'invisible
Et en marchant sans guide

J'ignorais qu'en suivant mon cœur
J'allais rencontrer le bonheur
Le jour où tu m'as regardée
Comme une étoile illuminée

I didn't know

I didn't know you were looking at me
As if I were the one you wanted
I didn't know you were thinking of me
As if I lived inside of you
I didn't know you were talking to me
As if your words caressed me
I didn't know you admired me
As if I were the one you dreamed of

I didn't know the day would come
When I would be looking for you
I didn't know the day would come
When I would miss you
I didn't know the day would come
When I would mourn you
I didn't know the day would come
When I would love you

Je ne savais pas

Je ne savais pas que tu me regardais
Comme si j'étais celle que tu voulais
Je ne savais pas que tu pensais à moi
Comme si j'habitais en toi
Je ne savais pas que tu me parlais
Comme si tes mots me caressaient
Je ne savais pas que tu m'admirais
Comme si j'étais celle dont tu rêvais

Je ne savais pas qu'un jour viendrait
Où je te chercherais
Je ne savais pas qu'un jour viendrait
Où tu me manquerais
Je ne savais pas qu'un jour viendrait
Où je te pleurerais
Je ne savais pas qu'un jour viendrait
Où je t'aimerais

I will Look

I can be offered the moon and its reflections
I can be given the sun's rays
I can be brought the sky and its stars
That would look like a canvas
I'll look at you

I can be shown the rain and its rattling
They can stop the clouds and their images
I can be flown over the earth and the sea
Like a carpet in the air
I'll look at you

But no one will give it to me
For I know I don't want it
All I ask of Heaven
his angels and God
Is to leave me in peace
Just to look at you

Je regarderais

On peut m'offrir la lune et ses reflets
On peut me donner les rayons du soleil
On peut m'apporter le ciel et ses étoiles
Qui ressembleraient à une toile
C'est toi que je regarderais

On peut me montrer la pluie et ses cliquetis
On peut arrêter les nuages et leurs images
On peut survoler la Terre et la mer
Comme sur un tapis dans l'air
C'est toi que je regarderais

Mais personne ne me donnera tout cela
Car je sais que je n'en veux pas
Tout ce que je demande aux Cieux
À ses anges et à Dieu
Est de me laisser en paix
Car c'est toi que je regarderais

I am here

"I need you"
These words resonate within me
And don't leave me
You spoke them
When I fell down
When hope failed me
When life hit me

You spoke them
When I told you
That I was tired
That I wanted peace
Grace and serenity
Then you saw me crying
"I need you"
These words echo inside me
Don't worry, I'm here

Je suis là

« J'ai besoin de toi »
Ces mots résonnent en moi
Et ne me quittent pas
Tu les as prononcés
Lorsque je suis tombée
Que l'espoir m'a lâché
Que la vie m'a frappée

Tu les as prononcés
Quand je t'ai raconté
Que j'étais fatiguée
Que je voulais la paix
La grâce et la sérénité
Puis tu m'as vu pleurer
« J'ai besoin de toi »
Ces mots résonnent en moi
Ne t'inquiète pas, je suis là

Until the last day

She was looking for love
Like a flower newly born
At every corner and every turn
To keep it forever

She was looking for love
Like the softest velvet
Even in crying out for help
To keep it with bravery

She was looking for love
At night and everywhere
The one with savor
To keep it with glamour

She found love
By saying hello
For he wasn't deaf
She kept it until the last day

Jusqu'au dernier jour

Elle recherchait l'amour
Comme une fleur qui voit le jour
À chaque coin et chaque détour
Pour le garder toujours

Elle recherchait l'amour
Comme le plus doux des velours
Même en criant au secours
Pour le garder avec bravoure

Elle recherchait l'amour
La nuit et dans les alentours
Celui que l'on savoure
Pour le garder avec glamour

Elle a trouvé l'amour
En lui disant bonjour
Car il n'était pas sourd
Elle l'a gardé jusqu'au dernier jour

It's a party

There's a party today
Everyone is happy
We're finally going to dance
Laugh and sing
Among confettis
The children are dressed up
Some wear a diguise
Women are radious
With thousands of sequins
Men have put on
Their most beautiful clothes
There's a party today
We are all together
The day will be blessed
And if anyone is missing
It's because he's gone far away
Deep in our smiles
Our memories are hidden
Of days gone by
In a carefree world

C'est la fête

C'est la fête aujourd'hui
Tout le monde est ravi
On va enfin danser
Rire et chanter
Parmi les confettis
Les enfants sont parés
Certains sont déguisés
Les femmes irradient
De milliers de paillettes
Les hommes ont revêtu
Leurs plus belles toilettes
C'est la fête aujourd'hui
Nous sommes tous réunis
La journée sera bénie
Et s'il manque quelqu'un
C'est qu'il est parti loin
Au fond de nos sourires
Se cachent nos souvenirs
Des jours d'antan
Dans un monde insouciant

When love cries

When love cries
And breaks the heart
Perhaps it is the horror
Of a world full of pain
Perhaps it's the fear
To be surrounded by liars
Perhaps it's the torpor
To be faced to a predator
Pzrhaps it's the fear
To see a dying flower

I prefer the dreamer's view
And think that perhaps the heat
Replaces the coldness
Perhaps happiness
Points out its gleams
Perhaps it's the greatness
That we dedicate to the Lord
Our protector
Our heart guard

L'amour qui pleure

Lorsque l'amour pleure
Et déchire le cœur
C'est peut-être l'horreur
D'un monde plein de douleur
C'est peut-être la frayeur
D'être entouré de menteurs
C'est peut-être la torpeur
Face à un prédateur
C'est peut-être la peur
De voir une fleur qui meurt

Moi, je préfère la version rêveur
Et penser que c'est peut-être la chaleur
Qui remplace la froideur
Que c'est peut-être le bonheur
Qui pointe ses lueurs
Que c'est peut-être la grandeur
Que l'on voue au Seigneur
Notre protecteur
Notre garde du cœur

Tears of joy

You could never imagine
What I dream of sharing
If we could cover the earth
With tears of sweet joy
And sing our happiness
By making our hearts quiver
We would be in a peaceful harmony
Where everyone would reunite

You can never imagine
How much I pray and have prayed
To see this sky lit up
And its enchanted stars
Tell us our story
And our paltry fates
Waiting to meet you
In all your grace and goodness

Larmes de joie

Tu ne pourras jamais imaginer
Ce que je rêve de partager
Si on pouvait recouvrir la terre
De larmes de joies non amères
Et lui chanter notre bonheur
En faisant vibrer nos cœurs
Nous serions dans une harmonie de paix
Où chacun se retrouverait

Tu ne pourras jamais imaginer
Combien je prie et j'ai prié
Pour voir ce ciel illuminé
Et ses étoiles enchantées
Nous raconter notre histoire
Et nos destins dérisoires
En attendant de te rencontrer
Dans toute ta grâce et ta bonté

Eyes down

Could I love you
As I've wanted and dreamed
Could you love me
As I have imagined and prayed?

You'll only have to look at me
And slowly come near
Though I tremble from head to toe
With my cheeks blazing and my eyes down

You'll only have to whisper words
Made to upset and daze
Until the tears flow
And the heart goes slow

Will I be able to love you
As if you were my destiny
Would you accept me
As if I were the one you longed for
The one you wanted
The one you honored

Les yeux baissés

Est-ce que je pourrais t'aimer
Comme je l'ai voulu et rêvé
Est-ce que tu pourrais m'aimer
Comme je l'ai imaginé et prié ?

Tu n'auras qu'à me regarder
Et lentement t'approcher
Même si je tremble de la tête aux pieds
Les joues enflammées et les yeux baissés

Tu n'auras qu'à souffler des mots dorés
Faits pour troubler et bouleverser
Jusqu'à faire les larmes couler
Et le cœur par la joie emporté

Est-ce que je pourrais t'aimer
Comme si tu étais ma destinée
Est-ce que tu pourrais m'accepter
Comme si j'étais celle que tu attendais
Que tu voulais
Que tu honorais

Heavenly light

When I open the window to greet the day
I look up to the sky to feel its light
It is clear, special and bright
It shines on the trees and all around

Each time it touches me and heals me
And makes me think that someone placed it
Just to be appreciated and admired
Like a wonderful and rare fabric

I talk to it and thank it for being so pretty
For filling our eyes with tears of joy
For giving give warmth in our voices
For adorning and caressing our lives

Lumière divine

Quand j'ouvre la fenêtre pour entrevoir le jour
Je lève les yeux au ciel pour sentir sa lumière
Elle est claire, lumineuse et particulière
Elle rayonne sur les arbres et tout autour

Chaque fois, elle me touche et me réchauffe
Et me laisse penser que quelqu'un l'a placée
Juste pour être appréciée et admirée
Comme une merveilleuse et rare étoffe

Je lui parle et la remercie d'être aussi jolie
De remplir nos yeux de larmes de joie
De donner de la chaleur dans nos voix
Et d'embellir et de caresser nos vies

Plato's moons

Once we are gone
That our lives are consumed
Do you know if we'll meet again
Around the moons of Pluto?

What shall we leave behind?
Our books on their shelves
Our photos on the walls
Our letters and their signatures

I'd like to see you without talking
To call you by my side
To hear you without answering
Even if you are a shadow

Tell me where we'll be
And if we'll be cold
Tell me that we're there
Everything will be great again

Lunes de Platon

Lorsque nous serons partis
Que nous aurons vécu notre vie
Sais-tu si nous nous retrouverons
Autour des lunes de Pluton ?

Que laisserons-nous derrière ?
Nos livres sur leurs étagères
Nos photos sur les murs
Nos lettres et leurs signatures

J'aimerai te voir sans te parler
T'appeler à mes côtés
T'entendre sans te répondre
Même si tu es une ombre

Dis-moi où l'on sera
Et si l'on aura froid
Dis-moi qu'une fois là-haut
Tout redeviendra beau

My faith

If one day you go away
And I have to live without you
Know that I won't be left with nothing
I shall still have my eyes
That shone with a thousand lights
Every time we were together
I shall still have my hands
That shook for the slightest thing
When you came near me
I shall still have my mouth
That said the words that touch
The ones that made you smile
I shall still have my heart
That you filled with happiness
Like when you water a flower
I shall still have my faith
The one that led me to you
And that will never fade away

Ma foi

Si un jour tu t'en vas
Que je doive vivre sans toi
Sache que je n'aurais pas tout perdu
Il me restera mes yeux
Qui brillaient de mille feux
Chaque fois que nous étions tous les deux
Il me restera mes mains
Qui tremblaient pour un rien
Quand tu t'approchais de moi
Il me restera ma bouche
Qui disait les mots qui touchent
Ceux qui te faisaient sourire
Il me restera mon cœur
Que tu as rempli de bonheur
Comme quand on arrose une fleur
Il me restera ma foi
Celle qui m'a menée vers toi
Et qui jamais ne s'effacera

Magic

It's like an abracadabraA open sesame
A thief and his Ali Baba
A weak man and his Robin Hood

He came Into our lives
To save the friendless
The weak and the poor
Those whose life smiled no more

He took the one who taught him everything
Begged her to stay with him
To take them to heaven
And mingle them with her magic

The friendless and the weak
Kneeled down before him
He swore to keep them safe
In a brand new country

Magie

C'est comme un abracadabra
Un sésame ouvre-toi
Un voleur et son Ali Baba
Un faible et son Robin des Bois

Il est entré dans nos vies
Pour sauver les sans-amis
Les faibles et les démunis
Ceux à qui la vie n'avait pas souri

Il prit celle qui lui avait tout appris
La supplia de rester avec lui
Pour les emporter au Paradis
Et les mêler à sa magie

Les sans-amis et les démunis
Se prosternèrent devant lui
Il jura de les mettre à l'abri
Dans un tout nouveau pays

Clumsy

I wanted to tell you something
But I don't know how to write it
I make a lot of mistakes
And I fear being taken for a fool

They say I'm messy
I don't know where to start
I can explain what you do to me
Or ask you if I do the same to you

You see, I'm getting confused already
Trying to sort my words out
By placing them in little piles
But it's a real jumble

I think I'll stop here,
You see, I can't make it
Besides, what I wanted to put down
You already know … I think.

Maladroite

Je voulais te dire des choses
Mais j'ignore comment les écrire
Je fais beaucoup de fautes
Et je crains d'être prise pour une sotte

On dit que je suis désordonnée
Je ne sais pas par où commencer
Peut-être par expliquer ce que tu me fais
Ou te demander quel est mon effet

Tu vois je m'embrouille d'ores et déjà
Et tente de classer mes mots
En les plaçant en petits tas
Mais c'est un vrai méli-mélo

Je crois que je vais m'arrêter là,
Tu vois, je n'y arrive pas
D'ailleurs tout ce que je voulais mettre à plat
Tu le sais déjà… enfin je crois.

Martian

Like a lilliputian
Who would have met Gulliver
I felt like a Herculean
When I crossed your universe

Stronger than a Martian
Floating in the atmosphere
I was a beautiful chatelaine
Who was willing to let it happen

I saw sparks
Extraordinary flashes
I was more beautiful than beautiful
In your world without borders

Like a lilliputian
Who would have met Gulliver
You made me the sovereign
Of your solar kingdom

Martienne

Comme une lilliputienne
Qui aurait rencontré Gulliver
Je me suis sentie herculéenne
Quand j'ai croisé ton univers

Plus forte qu'une martienne
Flottant dans l'atmosphère
J'étais une belle châtelaine
Qui voulait se laisser faire

J'ai vu des étincelles
Des flashes extraordinaires
J'étais plus belle que belle
Dans ton monde sans frontières

Comme une lilliputienne
Qui aurait rencontré Gulliver
Tu as fait de moi la souveraine
De ton royaume solaire

Neon

There are extraordinary beings
Who bring you light
And light up your universe
When it shrinks
And melts like a candle
It is said that they come from the sky
With their unparalleled goodness
And their immortal wisdom
They give you the energy
To live another life again
That will be what it will be
That will last what it will last
The time of a song
The time of a season
As long as the sun and its rays
Like a huge neon
Illuminate the horizon

Néon

Il est des êtres extraordinaires
Qui vous apportent la lumière
Et qui éclairent votre univers
Lorsque celui-ci se rétrécit
Et fond comme une bougie
On dit qu'ils tombent du ciel
Avec leur bonté sans pareil
Et leur sagesse immortelle
Ils vous redonnent l'énergie
De revivre une autre vie
Qui sera ce qu'elle sera
Qui durera ce qu'elle durera
Le temps d'une chanson
Le temps d'une saison
Tant que le soleil et ses rayons
Tel un immense néon
Illuminent l'horizon

I would like to be

I would like to be the rose on the rosebush
Just so you can smell me
The olive on the olive tree
Just so you can taste me
The petals of the cyclamen
Just so you can caress me
The fallen leaves of the tree
Just so you can lift me
The star in the darkness
Just so you can admire me
The moon in the hidden shadow
Just so you can look for me
The undiscovered planet
Just so you can imagine me
Your world in wonder
Just so you can love me

Je voudrais être

Je voudrais être la rose sur le rosier
Juste pour que tu puisses me sentir
L'olive sur l'olivier
Juste pour que tu puisses me gouter
Les pétales du cyclamen
Juste pour que tu puisses me caresser
Les feuilles de l'arbre tombées
Jusque pour que tu puisses me ramasser
L'étoile dans l'obscurité
Juste pour que tu puisses m'admirer
La lune dans l'ombre cachée
Juste pour que tu puisses me chercher
La planète non découverte
Juste pour que tu puisses m'imaginer
Ton monde émerveillé
Juste pour que tu puisses m'aimer

Neither you nor

When love hits us
Neither you nor I it will prevent
Silently or with a bang
It will be as soft as an alpaca
As bright as silk
More beautiful than the greatest of kings
When its bell tolls
Adorned with its gala clothes
And thousands of carats
It will caress us and smile
It will resemble the sound of your voice
The sound of your steps
The warmth of your arms
It will resemble to you and I

Ni toi ni moi

Lorsque l'amour nous frappera
Ni toi ni moi il ne préviendra
Silencieux ou avec fracas
Il sera aussi doux qu'un alpaga
Aussi brillant que de la soie
Plus beau que le plus grand des rois
Lorsque son glas sonnera
Paré de ses habits de gala
Et de ses milliers de carats
Il nous caressera et sourira
Il ressemblera au son de ta voix
Au bruit de tes pas
À la chaleur de tes bras
À toi et à moi

Together again

I'm so happy you didn't cry
The day fate took me away
You looked at me as if I were sleeping
The one who had never left you
And who would wait for you at the window
When storms were raging
The one who healed your wounds
With just a few caresses
Tender words and our laziness
We did not need to speak
Silence was our ally
It was full of farandoles
With the craziest ideas
I'm so happy you didn't cry
Thinking of me as your little fairy
Because you know that wherever I'm going
One day, we'll be together again

On se retrouvera

Je suis heureuse que tu n'aies pas pleuré
Le jour où le destin m'a emportée
Tu m'as regardée comme si je dormais
Celle qui jamais ne te quittait
Et devant la fenêtre t'attendait
Lorsque des tempêtes s'annonçaient
Celle qui savait panser tes plaies
Juste avec quelques caresses
Des mots tendres et notre paresse
On se comprenait sans parler
Le silence était notre allié
Il était rempli de farandoles
Avec les idées les plus folles
Comme je suis heureuse que tu n'aies pas pleuré
En pensant à moi comme ta petite fée
Car tu sais que là où je vais
Un jour, je te retrouverais

Let's go

Come on, let's go away
Let's not stay here
Let's go to a place
Where it's warm

Let's go where our voices
Can talk to the sky
To tell him softly
How much it questions

Let's go where our eyes
Will wander slowly
Shining with a thousand lights
Without counting the time

Let's go where our hands
Trembling and tender
Will touch each other endlessly
Like in a legend

Let's go where love
Does not last only one night
But one day and always
And even the whole life

On s'en va

Viens, on s'en va
Ne restons pas là
Allons dans un endroit
Où il ne fait pas froid

Allons là où nos voix
Pourront parler au ciel
Pour lui dire tout bas
Combien il interpelle

Allons là où nos yeux
Erreront lentement
En brillant de mille feux
Sans compter le temps

Allons là où nos mains
Tremblantes et tendres
Se toucheront sans fin
Comme dans une légende

Allons là où l'amour
Ne dure pas qu'une nuit
Mais un jour et toujours
Et même toute la vie

Orbit

Did you get my letter
That said everything goes so fast
You know, like meteorites
That dive and avoid us

The letter was about time
The waiting and every moment
Passed with a bang
In my distant world

I wrote it smiling
Thinking of the spring
When you'd come panting
Happy and running

Did you get my letter
That said come back soon
Let's find our orbit
Where together, we drift

Orbite

As-tu reçu la lettre que j'ai écrite
Qui disait que tout passe vite
Tu sais, comme ces météorites
Qui plongent et nous évitent

La lettre te racontait le temps
L'attente et chaque instant
Passé tambour battant
Dans mon monde distant

Je l'ai écrite en souriant
En pensant au printemps
Quand tu viendrais haletant
Heureux et en courant

As-tu reçu la lettre que j'ai écrite
Qui disait reviens vite
Retrouvons notre orbite
Celle où ensemble, on gravite

Nocturne

When I have lived and seen everything
Even what is invisible to the naked eye
I will lie down on my crescent moon
To relate my good fortune

I will tell how much I have been blessed
By the world and its beauty
And all that it has given me
In addition to its marvels

Sitting on my crescent moon
I'll suddenly see Neptune
And his azure blue aura
That will whisper and reassure me

She'll approach like a tightrope walker
And murmur in the Moon's ear
To make me as light as a feather
In the shadow and softness of the night

Nocturne

Lorsque j'aurai tout vécu et tout vu
Même ce qui est invisible à l'œil nu
Je m'allongerai sur mon croissant de lune
Pour lui raconter ma bonne fortune

Je lui dirai combien j'ai été comblée
Par le monde et sa beauté
Et tout ce qu'il m'a donné
En plus de m'émerveiller

Assise sur mon croissant de Lune
Je vois soudain Neptune
Et son aura bleu azur
Qui caresse et me rassure

Elle s'approche comme un funambule
Et chuchote à l'oreille de la Lune
Pour me rendre aussi légère qu'une plume
Dans l'ombre et la douceur nocturnes

Where does time go?

Mom, where does the time go?
Time? It is like the wind
It passes us by changing us
When it's gentle, it warms our hearts

When it hurts, it is because it is violent
It has no age because it is grand
It commands all and hears us

It goes nowhere cause it's everywhere
It leaves its traces around us
And even inside of us

It changes our body and soul
But it does not change
Fast or slow,
It always remains present

Où va le temps ?

Maman où va le temps ?
Le temps ? C'est comme le vent
Il passe devant nous en nous changeant
Lorsqu'il est doux, il réchauffe nos sentiments

Lorsqu'il fait mal, c'est parce qu'il est violent
Il n'a pas d'âge car il est grand
Il commande tout et nous entend

Il ne va nulle part car il est partout
Il laisse ses traces autour de nous
Et même à l'intérieur de nous

Il change notre corps et notre âme
Mais lui ne se transforme pas
Rapide ou lent,
Il reste toujours présent

Passion

Let me become an emotion
That looks like your passion
A cry in the night
And an unheard-of softness

Let me become the one who dazzles you
Even when everything is grey
And that strange visions
Caress you in unison

Let me become the star that shines
On the endless darkness
That doesn't say its name
And with its reasons

Let me be the one who smiles at you
When we've said it all
With our molten silences
And our souls in adoration

Passion

Laisse-moi devenir une émotion
Qui ressemble à ta passion
Comme un cri dans la nuit
Et une douceur inouïe

Laisse-moi devenir celle qui t'éblouit
Même lorsque tout est gris
Et que d'étranges visions
Te caressent à l'unisson

Laisse-moi devenir l'étoile qui luit
Dans l'obscurité infinie
Qui ne dit pas son nom
Mais qui a ses raisons

Laisse-moi être celle qui te sourit
Lorsque nous aurons tout dit
Avec nos silences en fusion
Et nos âmes en adoration

Patience

I'm familiar with patience
The one of days gone by
Counting your absence
The one of nights of ice
That sink into silence

I'm familiar with impatience
The one that makes you nervous
The one that knows one cadence
Like an annoying ticking
Heard even from a distance

I also know luck
The one that gave me your heart
When I was wandering
It brought me happiness
And made you my reward

Patience

Je connais bien la patience
Celle des jours qui passent
En comptant ton absence
Celle des nuits de glace
Qui sombrent dans le silence

Je connais l'impatience
Celle qui rend triste et nerveux
Qui ne connaît qu'une cadence
Comme un tic-tac ennuyeux
Qui s'entend même à distance

Je connais aussi la chance
Celle qui m'a donné ton cœur
Alors que j'étais dans l'errance
Celle qui m'a apporté le bonheur
Et a fait de toi ma récompense

Stardust

In the interstellar space
We can see grains of dust
That float in space
And form huge spots

In the sky, on a clear night
They pierce the sky
Through the gases of the air
And scatter the light

In the interstellar space
You look like this dust
Which radiates in the solar system
To light up the Milky Way

In the sky, on a clear night
I see you up in the air
I wait for you like a landmark
In the interstellar space

Poussière d'étoiles

Dans l'espace interstellaire
On peut voir des grains de poussière
Qui flottent dans l'espace
Et forment d'énormes tâches

Dans le ciel, par une nuit claire
Ils transpercent le ciel
À travers les gaz de l'atmosphère
Ils dispersent la lumière

Dans l'espace interstellaire
Tu ressembles à cette poussière
Qui rayonne dans le système solaire
Pour éclairer la Voie lactée

Dans le ciel, par une nuit claire
Je te vois là-haut dans l'air
Je t'attends comme un repère
Dans l'espace interstellaire

Close to you

If I were near you
I would tell you softly
The things we can't see
And the things we hear inside
I would take your hand
To caress it with good
I would look into your eyes
To make them happy
I'd brush against your steps
Walking behind you
I 'd invite you into my dream
With elegance and fever
I'd lift my soul to yours
To sing an aerial choir
That would come to surprise you
Like a summer in December
Like a storm of stars
In an imperial sky
Like a shower of sparks
In an eternal love

Près de toi

Si j'étais près de toi
Je te dirais tout bas
Les choses que l'on ne voit pas
Et celles que l'on entend en soi
Je prendrais ta main
Pour la caresser de bien
Je regarderais tes yeux
Pour les rendre heureux
Je frôlerais tes pas
En marchant derrière toi
Je t'inviterais dans mon rêve
Avec élégance et fièvre
J'élèverais mon âme vers la tienne
Pour chanter une chorale aérienne
Qui viendrait te surprendre
Comme un été en décembre
Comme une tempête d'étoiles
Dans un ciel impérial
Comme une pluie d'étincelles
Dans un amour éternel

Puzzle

It's so hard to let you go
To imagine our future
And to be here all alone
Scattered like a puzzle

Together, time cherishes
Spoils and dazzles us
Then it separates us
And announces our departure

It suspends our hopes
Lost somewhere
It surprises our expectations
Sad or happy

One day it will reunite us
Or maybe not
It's so hard to let you go
Without crying or suffering

Puzzle

C'est si difficile de te laisser partir
D'imaginer notre avenir
Et de me voir rester seule
Éparpillée comme un puzzle

Ensemble, le temps nous chérit
Nous gâte et nous éblouit
Ensuite, il nous sépare
Et annonce notre départ

Il suspend nos espoirs
Perdus quelque part
Il surprend nos attentes
Tristes ou souriantes

Un jour il nous réunira
Ou peut-être pas
C'est si difficile de te laisser partir
Sans pleurer ni souffrir

Back home

I'm back, how I missed you!
After all these months and years
I will be able to tread on your soil
Until I lose my voice
I will be able to look at your sky
And its sensational blue
I will be able to contemplate your sea
And its particular smoothness
I will be able to smell your odors
Your aromas and scents
I will be able to discover your gardens
Where fear and sorrow are banished
I will be able to smell your roses
While imagining beautiful prose
But above all, I will be able to tell you
That at last you gave me my smile back
You made me more pretty
Than a beautiful lady

Retour aux sources

Je suis revenue, comme tu m'as manqué !
Après tous ces mois et ces années
Je vais pouvoir fouler ton sol
Jusqu'à en perdre la parole
Je vais pouvoir scruter ton ciel
Et son bleu sensationnel
Je vais pouvoir contempler ta mer
Et sa douceur particulière
Je vais pouvoir sentir tes odeurs
Tes arômes et tes senteurs
Je vais pouvoir découvrir tes jardins
Où sont bannis la peur et le chagrin
Je vais pouvoir sentir tes roses
En imaginant de belles proses
Mais surtout, je vais pouvoir te dire
Qu'enfin tu m'as redonné le sourire
Que tu m'as rendue plus belle
Qu'une jeune demoiselle

Awakening

Awakening in the light
Unfolded sheets
The window and its mist
The soft and perfumed air
The smell of coffee
The toasted bread
Lazy eyes
Raised to the skies
Satin hands
Indulgent
The mind in peace
Beginning of the day
The head rested
Laying on the pillow
Watching you dream
Waiting to love you

Réveil

Un réveil dans la clarté
Des draps défaits
La vitre et sa buée
L'air doux et parfumé
L'odeur du café
Le pain grillé
Les yeux paresseux
Levés vers les cieux
Les mains de satin
Cherchant le bien
L'esprit apaisé
En début de journée
La tête reposée
Posée sur l'oreiller
Qui te regarde rêver
Et attend de t'aimer

Revolution

No one can prevent
Time from going by
The Universe from hiding
The world from existing
The stars from spinning
The sun from shining
The moon from setting
The Earth from turning
The light from moving
The wind from blowing
The clouds from swelling
The rain from falling
The leaves to flying
The birds from singing
And me from dreaming of freedom
Love and beauty

Révolution

Personne ne peut empêcher
Le temps de passer
L'Univers de rester caché
Le monde d'exister
Les étoiles de filer
Le soleil de briller
La lune de se coucher
La Terre de tourner
La lumière de se déplacer
Le vent de souffler
Les nuages de gonfler
La pluie de tomber
Les feuilles de s'envoler
Les oiseaux de chanter
Et moi de rêver de liberté
D'amour et de beauté

Nothing

Like the platform happy to see its train
Like the bohemian's caravan
Like the sailor's compass
Like the miller and his mill
I'm waiting for you and say nothing

Like the kingdom and its sovereign
Like the poem and its quatrains
Like the song and its refrain
Like the musician and his instrument
I'm waiting for you and say nothing

Like the innocent and his witness
Like the orphan who is hungry
Like the mother and her children
Like the tears that do good
I'm waiting for you and say nothing

Early tomorrow morning
You who come from so far away
You will take my hand
To invent our destiny
I will wait for you and will say nothing

Rien

Comme le quai heureux de voir son train
Comme la roulotte du bohémien
Comme la boussole du marin
Comme le meunier et son moulin
Je t'attends et je ne dis rien

Comme le royaume et son souverain
Comme le poème et ses quatrains
Comme la chanson et son refrain
Comme l'instrument du musicien
Je t'attends et je ne dis rien

Comme l'innocent et son témoin
Comme l'orphelin qui a faim
Comme la maman et ses gamins
Comme les larmes qui font du bien
Je t'attends et je ne dis rien

Tôt demain matin
Toi qui viens de si loin
Tu me prendras la main
Pour inventer notre destin
Je t'attendrai et je ne dirai rien

Without a sound

If one day you leave me
I beg you, do it quickly
Take everything you want
Except the memories of happy days
Except the moments we spent together
Don't take away the joy
That used to light up our roof
Don't take away the hope
That I had to see you
Don't take away the love
That will live forever

If one day you leave me
I beg you, do it quickly
Come out quietly
Even in the middle of the night
Don't say a word
Even if it's beautiful
Don't turn around
Cause you'll see that without you
My world will fall apart

Sans faire de bruit

Si un jour tu me quittes
Je t'en prie, fais-le vite
Emporte tout ce que tu veux
Sauf les souvenirs des jours heureux
Sauf les moments passés à deux
Ne me prends pas la joie
Qui illuminait notre toit
Ne me prends pas l'espoir
Que j'avais de te voir
Ne me prends pas l'amour
Qui vivra pour toujours

Si un jour tu me quittes
Je t'en prie, fais-le vite
Sors sans faire de bruit
Même au milieu de la nuit
Ne dis pas un mot
Même s'il est beau
Ne te retourne pas
Car tu verrais que sans toi
Mon monde s'effondrera

Sage

I know a sage
Handsome and generous
With whom I spend time

When the day breaks
He looks like a dream
And speaks like a harmony

When the sun goes down
And he looks at my mouth
He sends me wobbles

When the night is long
It passes in one second
With his wandering soul

I know a sage
That I love like a child
Except that he's the greatest

Savant

Je connais un savant
Beau et bienveillant
Avec qui je passe le temps

Quand le jour se lève
Il ressemble à un rêve
Et parle comme un arpège

Quand le soleil se couche
Et qu'il regarde ma bouche
Il m'envoie des secousses

Quand la nuit est longue
Elle passe en une seconde
Avec son âme vagabonde

Je connais un savant
Que j'aime comme un enfant
Sauf que c'est le plus grand

If I had known

If I had known that with time
We get wiser
I would have savored every moment
As if it were a landscape

If I had known that time was crazy
That it took everything in his path
I would have seduced it
So as to give me more courage

If I had known that time hurts
When it suddenly strikes
I would have asked the stars
To stop it for a while

I know time won't come back
Once it's gone
And yet there it is
Ready to take us away

Si j'avais su

Si j'avais su qu'avec le temps
On devenait plus sage
J'aurais savouré chaque instant
Comme si c'était un paysage

Si j'avais su qu'il était fou
Qu'il prenait tout sur son passage
Je lui aurais fait les yeux doux
Pour qu'il me donne plus de courage

Si j'avais su qu'il faisait mal
Quand il frappait soudainement
J'aurais demandé aux étoiles
De l'arrêter pour un moment

Je sais qu'il ne reviendra pas
Une fois qu'il est passé
Et pourtant il est là
Prêt à nous emporter

If you see him

If you see him
Tell him that I'm fine
That even when I'm in pain
I just cry in the rain
Tell him that our old dreams
Live on and will go far
Although they remain unseen
Tell him that our hands
Despite the cold
Are soft as satin
And our weary eyes
Shine in the morning
Like blazing stars
That follow their destiny

Si tu le vois

Si tu le vois
Dis-lui que tout va bien
Que même quand j'ai mal
Je ne montre rien
Dis-lui que nos rêves d'autrefois
Vivent encore et iront loin
Sauf qu'ils ne se voient pas
Dis-lui que nos mains
Malgré le froid
Sont douces comme du satin
Et que nos yeux las
Brillent au petit matin
Comme des étoiles
Qui suivent leur destin

Silence that speaks

I see a world full of silence that speaks
I see an ocean of grace and beauty
Rare and unparalleled as the cicadas sing
I see stars shining and twinkling
Proudly showing their mazes
And the place where we want to dream

How beautiful our world is
When we look down on it
To be inspired by its light
And satisfied with its earth

I see a world empty of tears
An ocean full of goodness
Stars and stars
That beg us to love each other
To finally be free

Silence qui parle

Je vois un monde rempli de silence qui parle
Je vois un océan de grâce et beauté
Rare et inégalé que chantent les cigales
Je vois des étoiles briller et scintiller
Montrant fièrement leurs dédales
Et l'endroit dans lequel nous voulons rêver

Comme notre monde est beau
Lorsqu'on le regarde de haut
Pour s'abreuver de sa lumière
Et se rassasier de sa terre

Je vois un monde vidé de larmes
Un océan plein de bonté
Des astres et des étoiles
Qui nous supplient de nous aimer
Pour enfin vivre en liberté

Sincere

The words that only a sincere heart can tell
Are like beautiful leaves that caress you
And fill the air with a senseless sweetness

Until you see or hear them
You can't guess their virtues
Nor the good that would otherwise be unknown

Once we know them, they become our friends
Like those to whom we always say yes
And that perfume and transform our lives

The words that only a sincere heart can tell
Should not be imagined or dreamed
But shouted and screamed in reality
To amaze and love us

Sincère

Les mots que seul un cœur sincère peut prononcer
Ressemblent à de belles feuilles qui viennent vous caresser
Et emplissent l'atmosphère d'une douceur insensée

Tant qu'on ne les a pas vus ou entendus
On ne peut pas deviner leurs vertus
Ni le bien qui autrement serait inconnu

Une fois qu'on les a reçus, ils deviennent nos amis
Comme ceux à qui l'on dit toujours oui
Et qui parfument et transforment nos vies

Les mots que seul un cœur sincère peut prononcer
Ne doivent pas être imaginés ou rêvés
Mais clamés et hurlés dans la réalité
Pour nous émerveiller et nous aimer

Specialist

I don't know you yet
But I'm sure you exist
Our paths ignore each other
Each on their own track

I imagine you tender and strong
With a sad smile
That covers your body and face
As long as the waiting persists

I don't know you yet
Look for me like an idealist
Break down the windows and doors
And draw me like an artist
Study me like a specialist
And love me like a gift

Spécialiste

Je ne te connais pas encore
Mais je sais que tu existes
Nos chemins s'ignorent
Chacun sur leur propre piste

Je t'imagine tendre et fort
Avec un sourire triste
Qui couvre ton visage et ton corps
Tant que l'attente persiste

Je ne te connais pas encore
Cherche-moi comme un idéaliste
Défonce les fenêtres et les portes
Et dessine-moi comme un artiste
Étudie-moi comme un spécialiste
Et aime-moi comme une idée fixe

Star system

If I were a magician
I would transform McDonalds
Into museums full of paintings
From Chagall and De Vinci
Kebab restaurants into Arab palaces
With gardens of roses and pomegranates
Where you can hear beautiful serenades
Pizzerias into Moorish baths
Where women are covered in gold
And sing their joyful folklore
I would replace supermarkets
By sunny paths
Leading to freedom

But I'm no magician
Nor an icon of the star system
Neither a witch from Salem
I'll just settle in my dream
That one day we can all exist

Système d'etoile

Si j'étais magicienne
Je transformerais les Mc Do
En musées pleins de tableaux
De Chagall et Picasso
Les restaurants kebabs en palais arabes
Avec des jardins de roses et de grenades
Où l'on entend de belles sérénades
Les pizzerias par des bains maures
Où les femmes sont couvertes d'or
Et chantent leur joyeux folklore
Je remplacerais les supermarchés
Par des chemins ensoleillés
Menant vers la liberté

Mais je ne suis pas magicienne
Ni une icône du star system
Encore moins une sorcière de Salem
Je me contente de rêver
Qu'un jour on pourra exister

Stereo

When you love again
Don't forget to look up
Where images have no words
And where silence flows

You'll see that your joy will live again
It will rebound as it once did
When we were you and I
Without how or why

You'll feel your soul soar
And your body shudder
You who sobbed so much
Even on summer nights

When you love again
It doesn't matter if you're beautiful
Or ugly like Quasimodo
As long as your heart beats in stereo

Stéréo

Quand tu aimeras à nouveau
N'oublie pas de regarder là-haut
Là où les images n'ont pas de mots
Et où le silence coule à flot

Tu verras que ta joie revivra
Elle rebattra comme autrefois
Quand nous étions toi et moi
Sans comment ni pourquoi

Tu sentiras ton âme s'envoler
Et ton corps frissonner
Toi qui a tant sangloté
Même pendant les nuits d'été

Quand tu aimeras à nouveau
Peu importe que tu sois beau
Ou laid comme Quasimodo
Tant que ton cœur bat en stéréo

Sultanas

How beautiful it would be
To talk to the stars
And ask them
To remove their veil
So that they show us at last
What they hide in the dark
Like these beautiful sultanas
Dressed in astral fabrics

How beautiful it would be
To caress the sky
To feel its skin
To make it quiver when you wake up
To tell it that it is high
Immense and eternal
To cover it with bravos
For all that it conceals

How beautiful it would be
To carry our souls there
To be like birds
Flying over a calm sea
Let us imagine this painting
And its diaphanous colors
With a few words written on this canvas

Sultanes

Comme ce serait beau
De parler aux étoiles
Et de leur demander
De retirer leur voile
Pour qu'elles nous montrent enfin
Ce qu'elles cachent dans le noir
Comme ces belles sultanes
Vêtues d'étoffes astrales

Comme ce serait beau
De caresser le ciel
De sentir sa peau
Faire frémir au réveil
De lui dire qu'il est haut
Immense et éternel
Le couvrir de bravos
Pour tout ce qu'il recèle

Comme ce serait beau
D'y transporter nos âmes
D'être comme des oiseaux
Survolant une mer calme
Imaginons ce tableau
Et ses couleurs diaphanes
Avec quelques mots posés sur cette toile.

Surprise

A man from afar
Gave me a rose this morning
And in the clandestine silence
Put it on my pillo<

When I woke up, I saw it bloom
With its multicolored petals
I took it in my arms
As if it were a treasure

In a crystal vase
Decorated with the scent of jasmine
It shone like satin
And looked like fate

Noble and majestic
It looked at me dreamily
And with a mischievous grace
Knew that I was happy

Surprise

Un homme venu de loin
M'a offert une rose ce matin
Et dans le silence clandestin
L'a posée sur mon traversin

Au réveil, je l'ai vue éclore
Avec ses pétales multicolores
Je l'ai prise à bras le corps
Comme si c'était un trésor

Dans un vase cristallin
Orné de senteurs de jasmin
Elle brillait comme du satin
Et ressemblait au destin

Noble et majestueuse
Elle me regardait rêveuse
Et avec sa grâce malicieuse
Savait que j'étais heureuse

Upside down

For you to see me
I could break the law
Walk upside down
And sing tralalas

For you to see me
I could raise my arms
Wear a silk dress
And cross the Sahara

For you to see me
I could probe the beyond
Like a Mayan prophecy
Or an Inca incantation

If you don't believe me
I'll stay home
And wait in anonymity
For you to respond to my loyalty

Tête en bas

Pour que tu me voies
Je pourrais briser la loi
Marcher la tête en bas
Et chanter des tralalas

Pour que tu me voies
Je pourrais lever les bras
Porter une robe en soie
Et traverser le Sahara

Pour que tu me voies
Je pourrais sonder l'au-delà
Comme une prophétie maya
Ou une incantation inca

Si tu ne me crois pas
Je resterais chez moi
Et j'attendrais dans l'anonymat
Que tu répondes à ma foi

Shyly

Some words are engraved
And will never be forgotten
When they are true
And said with emotion

You fell asleep thinking of me
You said so shyly
You looked out the window
Lighting your cigarette

I was stunned
Like a teenage girl
Who is compared to a fairy
Sparkling and elegant

There was a long silence
That spoke more than an epic
Heavens! What a coincidence
I had the same experience

Tomorrow we'll talk about us
Of this deafening hope
Of dreams that drive you crazy
When love strikes fearlessly

Timidement

Il y a des phrases qui sont gravées
Et qui jamais ne s'oublieront
Lorsqu'elles respirent la vérité
Et sont dites avec émotion

Tu t'es endormi en pensant à moi
Tu me l'as dit timidement
Tu regardais par la fenêtre
En allumant ta cigarette

Je suis restée bouche-bée
Comme une adolescente
Que l'on compare à une fée
Étincelante et élégante

Un long silence s'est installé
Qui parlait plus qu'une épopée
Ciel ! Quelle coïncidence
J'avais eu la même expérience

Demain, nous parlerons de nous
De cet espoir assourdissant
De certains rêves qui rendent fouLorsque l'amour frappe insolemment

Early in the morning

Sometimes there are sunrays
That caress when it's cold
And touch you when you awake
Unexpectedly

I wonder where they come from
And who sends them
To take away our sorrows
And fill us with joy

They sweep away sad stories
And send them away
To show us that we exist
And that finally all is well

Sometimes there are sunrays
That come early in the morning
They give you wings
To fly in the wind
And touch the sky

Tôt le matin

Il y a parfois des rayons de soleil
Qui caressent lorsqu'il fait froid
Et vous effleurent dès le réveil
Quand on ne s'y attend pas

Je me demande d'où ils viennent
Et qui nous les envoie
Pour nous ôter nos peines
Et faire vivre la joie

Ils balaient les histoires tristes
Et les envoient loin
Pour nous montrer qu'on existe
Et que finalement tout va bien

Il est parfois des rayons de soleil
Qui arrivent tôt le matin
Ils vous donnent des ailes
Pour voler avec entrain
Et toucher le ciel

Hide everything

I can hide everything
Yes, I can hide
That I got burned
When I tried to touch
That I didn't scream
When I was hurt
That my heart broke
When I was humiliated
That tears flowed down
When I was forgotten

But I can never hide
That my legs shook
When I met you
That the sky lit up
When you looked at me
That my voice stammered
When I spoke to you
My world capsized
When you loved me

Tout cacher

Je peux tout cacher
Oui, je peux cacher
Que je me suis brûlée
Quand j'ai voulu toucher
Que je n'ai pas crié
Lorsque l'on m'a blessée
Que mon cœur s'est brisé
Quand on m'a humiliée
Que mes larmes ont coulé
Quand on m'a oubliée

Mais je ne pourrai jamais cacher
Que mes jambes ont tremblé
Lorsque je t'ai rencontré
Que le Ciel s'est éclairé
Lorsque tu m'as regardée
Que ma voix a balbutié
Lorsque je t'ai parlé
Que mon monde a basculé
Lorsque tu m'as aimée

Tragic

But where have the poets gone
The dreamers and the aesthetes
The magicians and their wands
The lute and clarinet players?

But where have the poets gone
The wise illiterates
The tales and the ditties
The majorettes in skirts

But where are the poets
The lovers of the planets
The scientists with glasses
The elegant tap dancers

They left and deserted us
Leaving us at the mercy of bankers
Men in suits and masks
With hearts harder than a rock
Drier than a thirsty desert
Crueller than a love abandoned

Tragique

Mais où sont passés les poètes
Les rêveurs et les esthètes
Les magiciens et leurs baguettes
Les joueurs de luth et de clarinette ?

Mais où sont passés les poètes
Les sages analphabètes
Les contes et les chansonnettes
Les majorettes en jupette

Mais où sont passées les poètes
Les amoureux des planètes
Les savants à lunettes
Les danseurs de claquettes

Ils sont partis et nous ont désertés
Nous laissant à la merci des banquiers
Des hommes costumés et masqués
Au cœur plus dur qu'un rocher
Plus sec qu'un désert assoiffé
Plus cruel qu'un amour dévasté

Too late

I 've tried to live without you
To do everything to forget you
Walking up and down
But I sadly failed

How can I erase you
Forget and delete you
Where could I find your gaze
And the hands that caressed me

I walked with my eyes closed
In a sidereal void before me
Spreading out and getting closer
When I tried to escape it

I tried to live without you
But I didn't succeed
Even the sky and the stars
No longer dazzle me

Trop tard

J'ai essayé de vivre sans toi
De tout faire pour t'oublier
J'ai marché de long en large
Mais j'ai tristement échoué

Comment faire pour te gommer
T'effacer et te supprimer
Où trouver le regard que tu me lançais
Et les mains qui me caressaient

J'ai avancé les yeux fermés
Le vide sidéral devant moi
S'étalait et se rapprochait
Quand je tentais d'y échapper

J'ai essayé de vivre sans toi
Mais je n'ai pas réussi
Même le ciel et les étoiles
Ne parviennent plus à m'éblouir

One day

One day everything will change
Those who are here
Will be no more
Those who spoke
Will be silent

One day everything will change
Small or tall
Happy or suffering
They will be no more

We'll mention them in the past
With a sweet tear
And colorful words
Just to remember
That they existed
That they moved us
That we loved them

Un jour

Un jour tout changera
Ceux qui sont là
Ne le seront plus
Ceux qui parlaient
Se seront tus

Un jour ça changera
Petits ou grands
Heureux ou souffrant
Ils ne seront plus là

On parlera d'eux au passé
Avec une larme salée
Et des mots colorés
Juste pour se rappeler
Qu'ils ont existé
Qu'ils nous ont bercés
Qu'on les a aimés

One by one

I keep your letters in a little box
Where I shelter when I am cold
I read them one by one
To imagine you aren't gone
They speak with your words
Each being the most beautiful
You relate our wonderful moments
When we were so well together
You draw our happiness and joy
When we became three
So how can I not be moved
To read these lost passages
Gone with our blessed years
Where our reason was to be true
To be me without you
Where nothing could set us apart
Nor make our love a story of the past

Une à une

Je garde tes lettres dans une petite boîte
Dans laquelle je me réfugie quand j'ai froid
Je les prends une à une pour les lire
T'imaginer et cesser de souffrir
Elles me parlent avec tes mots
Chacun d'eux étant le plus beau
Tu racontes nos moments merveilleux
Lorsque nous étions si bien à deux
Tu dessines notre bonheur et notre joie
Lorsque nous sommes devenus trois
Alors comment ne pas être émue
De relire ces passages perdus
Envolés avec nos années bénies
Où notre raison était d'être heureux
De toujours vivre sous un ciel bleu
Dans lequel rien ne pourrait nous séparer
Ni faire de notre amour une histoire au passé

Back and forth

Tell me about your life
Your joys, your anxieties
Your long monotony
Spent alone in your bed

Tell me if your path
Crossed a world of goodness
Or if your daily life
Made your hands quiver

Read me all your stories
Written alone or in a crowd
When you were younger
With your eyes aching

Maybe tomorrow
You'll be far away
My heart attached to yours
In a slow back and forth

Va-et-vient

Raconte-moi ta vie
Tes bonheurs, tes soucis
Tes longs moments d'ennui
Passés seul dans ton lit

Dis-moi si ton chemin
A rencontré le bien
Ou si ton quotidien
A fait trembler tes mains

Lis-moi tous tes récits
Écris seuls dans le bruit
Quand tu étais petit
Les yeux endoloris

Peut-être que demain
Tu seras déjà loin
Mon cœur lié au tien
Dans un lent va-et-vient

Come into the world

I did not come into the world
To live like a shadow
To be flooded with sorrow
Or be afraid of bombs
I did not come into the world
To go where I could fall
With a wandering soul
Engulfed by sorrow
I came into the world
To taste round planets
To grab good vibes
And enjoy every second
I came into the world
To sing like a dove
Be beautiful like the Mona Lisa
And offer you my deep adoration

Venue au monde

Je ne suis pas venue au monde
Pour vivre comme une ombre
Pour que la peine m'inonde
Ou avoir peur des bombes
Je ne suis pas venue au monde
Pour aller là où on tombe
Avec une âme vagabonde
Que le chagrin inonde
Je suis venue au monde
Pour goûter aux planètes rondes
Pour m'emparer des bonnes ondes
Et profiter de chaque seconde
Je suis venue au monde
Pour chanter comme une colombe
Être belle comme la Joconde
Et te prouver mon adoration profonde

Zephyr

In your smile
I can read everything
Your desires and wishes
I can feel everything
Your faith like an Emir
Your magic like a fakir
I can discover everything
Your passion like an Empire
Your will to seduce me
I can describe everything
Who hurt
Your heart capsizing
In your smile
There is a zephyr
That came to rescue me
To invade me
To dazzle me
And that will never die

Zéphyr

Dans ton sourire
Je peux tout lire
Tes envies et désirs
Je peux tout sentir
Ta foi comme un Émir
Ta magie comme un fakir
Je peux tout découvrir
Ta passion comme un Empire
Ta volonté de me séduire
Je peux tout décrire
Qui a fait souffrir
Ton cœur qui chavire
Dans ton sourire
Il y a un zéphyr
Venu me secourir
Pour m'envahir
Pour m'éblouir
Et ne jamais mourir